火の神の砦

犬飼六岐

文藝春秋

目次

装画　西のぼる
装幀　中川真吾

取材協力
林原美術館　主任学芸員
植野哲也
備前長船刀剣博物館　学芸員
杉原賢治
備前長船日本刀製作所　刀工
上田祐定

六《ろく》斎《さい》市《いち》の女《おんな》

一

真上からの日差しに圧《お》し潰されるように、その女は低くうずくまっていた。

文明十一年（一四七九年）の夏、奥出雲《おくいずも》横田《よこた》荘の六斎市《ろくさいいち》である。

炎天のもとにうごめく人の波。それを幾重にも取り囲む山また山。聞いていたとおりの賑わいと、聞きしにまさる山深さだが、この横田荘は東に伯耆《ほうき》、南に備後《びんご》と国境を接する、出雲でも屈指の陸の要衝《ようしょう》だという。

愛洲《あいす》久忠《ひさただ》は足をとめ、あらためて往来を見渡した。

横田八幡宮の門前には、葭簀《よしず》掛けの掘立小屋や露天の物売りがひしめき、出雲各地の物産から日用の道具類まで、雑多な品々が所狭しとならんでいる。

まず目につくのは、うずたかく積まれた米俵。荘官が年貢米を銭に換えて、京の領主に納めるのだ。それから、塩と酒。このふたつは、市が立てばかならず見る。大きな甕《かめ》をならべた油屋。そのかたわらでは、これも年貢物とおぼしき麦や豆が売られているが、そちらは役人たちの懐《ふところ》に入るのかもしれない。

客引きの声がうるさいのは、魚介を商う店。鯵《あじ》や鯖《さば》の塩漬け、鮑《あわび》や蛸《たこ》の干物など、大海《おおうみ》（日本海）や入海《いりうみ》（中海と宍道湖《しんじこ》）から仕入れてきたという。なかには生きた鰻や蜆《しじみ》をあつかう店もあって、物売りの口上を聞くと、道中の池や川で水に浸けて休ませながら苦労して運んできたらしい。

六斎市が開かれる土地は陸運の便だけでなく、多くは水運の利も備えている。横田八幡宮の門前も通りと並行して川が流れていた。かつて八岐大蛇《ヤマタノオロチ》が棲んだという船通山《せんつうざん》に流れを発し、いくつもの支流を合わせて大海に注ぐ斐伊《ひい》川である。塩や酒、油などは、ここまで川舟で運んできたにちがいない。

小袖や帷子《かたびら》、直垂《ひたたれ》など、できあいの着物を商う店も客足が絶えない。手ごろな麻の晒布《さらし》を売る店があれば、いかにも値が張りそうな木綿の反物をならべる店もあり、かと思えば、見るからにくたびれた古着を通行人に押しつけている女もいる。

櫛《くし》や簪《かんざし》、巾着《きんちゃく》や革袋などの小間物。筆や墨、硯《すずり》、上質な紙も銭さえ払えば手に入る。皿や椀、鉢などは木地物《きじもの》をはじめ漆器も陶器も豊富に揃い、笊《ざる》や籠などの竹細工、桶《おけ》や樽《たる》、箱などの木工品と、買えないものを探すのが難しいほどである。

とはいえ、なにより目をひくのは鉄器、鉄具の多さだった。

鍋釜や鋤鍬《すきくわ》なども市ならたいてい見るが、ここは商う店数も品数も他国とは比較にならない。出雲はもとより鉄の産地として名高く、なかでも横田荘のある仁多《にた》郡は良質の砂鉄が採れるのだという。

低くうずくまるその女も鉄製の品々を売っていた。

久忠は往来の人波をかわして、ゆっくりと近づいた。女は膝先に広げた筵《むしろ》のうえに数種類の鉈《なた》や鎌、用途ごとに形のことなる鍬や鋤の頭を雑然とならべている。そして膝元に三本、ぼろ布を巻きつけたなにか棒状のものを横たえていた。

久忠は女のまえに立った。棒状のものはどれも三尺（一尺は約三〇・三センチメートル）ほどの長さで、布の裾《すそ》から粗末な造りの白木の柄《つか》が覗いている。鞘《さや》はなく、抜き身に布を巻いてあるようだ。これも聞いていた話のとおりである。

「尋ねるが、その膝元のものは太刀《たち》か？」

「へえ、さようで」

女がうつむいたまま、小さくうなずいた。

「見たところ、打刀《うちがたな》のようでもあるが」

「へえ、さようで」

「おざなりを言うな。太刀か、それとも、打刀か？」

「さあ、どっちでございましょう」と女が首をかしげた。「てまえは頼まれて売りにきただけで、太刀やらなにやらと言われてもようわかりません。包丁じゃないのはたしかですが」

「見せてもらうぞ」

「へえ、どうぞ」

久忠は屈んで、手前の一振《ひとふり》を手に取った。右手で柄を握り、左手で布をといていく。まばゆい光とともに、刀身《とうしん》があらわれた。真夏の陽光を浴びて、激しく冷たく輝いている。右手を伸ばし、刀身をまっすぐに立てた。刃渡りは二尺五寸（一寸は約三センチメートル）を超え、反《そ》りが浅く、身幅《みはば》の広い、武骨な造りだが、まぎれもなく太刀と呼ぶべき姿である。

刀身を傾けて、久忠は目を凝らした。地金《じがね》には木材の板目のような模様が細かく入り、刃文《はもん》は直線にゆるやかな湾曲がまじっている。光の当て方で刃文のあたりに白い影のようなものが浮かびあがる。うっすらと霜が降るようでもある。

ふたたび刀身を立てて、何度か表裏を返し、さらに刃と棟《むね》を眺める。刃渡りが長くて身幅が広いぶん、厚みを抑えて棟側に一筋の溝を彫っている。切先《きつさき》は剣の尖端《せんたん》を縦半分に割ったような鋭い形をしており、見た目から受ける印象ほどは重くない。

久忠は刀身から目を逸《そ》らし、ふうっと息をついた。

いつのまにか女がこちらを見あげていた。ほつれた髪が日の光に白んで、うつむいていると年寄りじみて見えたが、こちらを見あげた顔は思ったより若かった。久忠より五つ六つ年上、せいぜい三十半ばだろう。なるほど、すべてが聞いたとおりでもないらしい。

「銘は?」

久忠が訊くと、女はまた首をかしげた。

「めい? へえ、めいでございますか」

「尋ねているのは、この太刀に刀鍛冶の名が刻んであるかどうかだ」

「太刀に名を? はて、あのものぐさが、そんな手間なことをしますかな」

「ものぐさとは、これを打った者のことか」

「へえ、さようで」

「名はなんと言う?」

「権助《ごんすけ》とか権太《ごんた》とか、そんな名前のはずですけど、あたしらはゴロゾウと呼んでます。ものぐさのゴロゾウ爺さんと」

「その者の住まいは？」

「お武家様」と女が眉をひそめた。「そんなことを訊いて、どうなさる？」

「いやなに、この太刀がな――」

と久忠が言いかけたとき、騒がしい声が飛び込んできた。

「おおっ、なんと、なんと。いやにぎらぎら光っているから、なにかと思って見にきてみれば、これはまた見事なものじゃないか」

振りむくと、旅装の若侍が目を丸くしながら近づいてくる。どこから旅してきたのか、こざっぱりとした身なりのわりには、いささか埃《ほこり》じみている。もっとも、旅の埃の積もり具合では、久忠も他人のことをとやかくは言えない。

若侍は愛想よく会釈して、久忠のわきに立った。ひとわたり抜き身の太刀を眺めると、どれどれと手をさすりながら筵のうえを見まわした。

「おう、まだある」ぽんと手を打って、女に声をかけた。「おれも見せてもらうぞ。かまわんな？」

「へえ、どうぞ」

若侍はまえ屈みになって腕を伸ばし、二振ある太刀のどちらにするか迷う仕草をして、ついでに女の膝をちょいちょいと撫《な》でた。

「いやですよ、お武家様、こんな山出しの婆さんをからかっちゃ」

「なんの、若い若い」

若侍は笑って、女の膝に近いほうの一振をつかんだ。手早くぼろ布をといて、刀身を入念に眺めた。

「いやあ、じつに見事だ」深くうなずいて、久忠に顔をむけた。「貴公もそう思うだろう。この暑苦しいなか、ひんやりと冷気がしみだしてくるようじゃないか」

「……………」

久忠が返事をせずにいると、若侍は太刀を眺めるのとおなじ目つきで、久忠の顔を見まわした。だがとくに表情を変えるでもなく、こんどは女に声をかけた。

「やあ、これは見事な太刀だぞ。さぞや名のある刀工の作だろう」

「いいや、とんでもない」と女がかぶりを振った。「名のあるどころか、これはみんな村の厄介者がこしらえたものばかりで」

「厄介者?」若侍が目をぱちくりさせた。「どういうことだ。なにか曰くでもあるのか」

「いえ、べつに曰くなんぞ……」

「そう口ごもらず、なんでもいいから聞かしてくれ」

「へえ、では」と女が若侍を見あげた。「あれは何年前だったか、菰《こも》をかぶった爺さんが、ふらっと村にあらわれて、物乞いしてまわるのかと思ったら、庚申《こうしん》様のお堂のまえで火を熾《おこ》して、鍋や釜の修繕をはじめたんです」

「ほう、流れ者の野鍛冶だな」

「へえ、それが勝手にお堂に寝泊まりするもんだから、火事でも起こされたらたいへんだと、いったんは追い出す話になったんだけど、このとおり鎌や鋤なんかも器用にこしらえるんで、みんながなんとなく大目に見てたら、すっかり村に居ついてしまって」

「待て、これを野鍛冶が打ったというのか」

久忠は思わず口を挟んだ。

「当人は若いころに性根を入れて刀鍛冶の修業をしたとか威張ってますけど、ゴロゾウ爺さんの言うことなんか当てになりません。きっと見よう見まねです」

「ゴロゾウ？　それが鍛冶屋の名か」

と若侍が訊き返した。

「あだ名ですよ」と女が言った。「ちょっと働いたら、すぐに怠けてごろごろするから、みんなそう呼んでるんです。かと思えば、なんのつもりかこんな長いものをこしらえて、あたしらに売ってきてくれと押しつける。まあ、市にくるついでに小遣い稼ぎになるから引き受けてますけど、そんなわけでお武家様方が感心するようなものじゃないんです」

「うーん、そう聞くと、派手なばかりで、にわかになまくらに見えてきたが」

若侍が太刀を陽光にかざして首をひねり、久忠のほうをむいた。

「この太刀の出来栄え、貴公はどう見る？」

「ふむ、そうだな」

と久忠は若侍の顔を見やり、すぐにその目を通りのさきへとむけた。

二

薙刀《なぎなた》を持った男が二人、往来の人波を裂いて歩いてくる。荘園の役人が市を見まわりにきたらしい。ふんぞり返って肩を揺すり、見てくれはならず者のたぐいだが、惣追捕使《そうついぶし》とかいう大仰な名前の連中である。

久忠は若侍に目をもどして言った。

「騒ぎ立てるほどの出来とは思わんが、少なくとも野鍛冶が見よう見まねで打てる品ではないな」

「そうか、やはりそれなりの出来ではあるのだな」

若侍が得心したようにうなずいた。

周囲のひとの流れが変わり、久忠の手にする太刀にねばっこい視線が絡みついてきた。目をつけられたかと思っていると、案の定、役人たちが声をかけてきた。

「どれ、わしらも見せてもらおうか」

「ふうん、野良道具と長物《ながもの》をごっちゃで売っておるのだな」

久忠がわきによけて場所を譲ると、役人たちは若侍とのあいだに割って入ってきた。女がまた圧し潰されるように低くうつむいた。

「なんだ、残っているのはひとつきりか」

年輩の役人が言いながら、筵のうえから太刀をつかみあげた。薙刀を大柄な相棒にあずけて、ぼろ布をといていく。あらわれた刀身をぞんざいに眺めると、相棒の鼻先にかかげて見せた。

「どうだ、近ごろはあまり見ない大ぶりな刀だな」

「おう、まったくだ」

「おまえは日ごろ刀の寸が足らんとぼやいておるだろう。これならちょうど間に合うのではないか」

「おう、悪くない」と相棒の役人は言って、女に顎《あご》をしゃくった。「おい、女、これはどこで手に入れた。まさか落武者狩りで拾ってきたものではあるまいな」

「めっそうな。ここにならんでいるのは、どれもてまえの村の鍛冶屋がこしらえたものでございます」

「村の鍛冶屋だと？　どうも怪しいな」相棒の役人が両手に持った薙刀の石突《いしづき》で、どんどんと筵の端を突き鳴らした。「女、嘘をつくとただではすまぬぞ」

「嘘ではございません。まことにまことでございます」

女が竦《すく》めた首をぶるぶると左右に振る。

「こやつ、一度も顔をあげぬあたりが、なおさら怪しいな」

役人がまたぞろ薙刀を突き鳴らす。

「まあまあ」と若侍がわきから声をかけた。「そう脅してやりなさんな。これはどう見ても新品だ。だいいち武者狩りの戦利品なら、わざわざ柄など取りかえず、拵《こしら》えのまま売りに出すだろう。ちょっと考えればわかりそうなもんだがな」

「なにっ？」

役人たちがむっと振りむいたが、若侍は屈託なく笑っている。その悪びれない態度と相応の身なりをしていることに、小役人らしい警戒心が働いたのか、二人はなにも言わずに女に目をもどした。年輩の役人が声を尖らせた。

「こら、女、値を申せ」

「へえ、ひとつ、二貫文でございます」

女の返答を聞いて、役人たちが目を剝《む》いた。

「このなまくらが二貫文だと？」

年輩のほうが唸《うな》ると、相棒がわめき散らした。

「法外なことをぬけぬけと！　どんな面の皮をしておる！」

銭一貫文は千文。鐚銭《びたせん》ならともかく、渡来銭《とらいせん》であれば米一石が買える。

女がごくりと唾《つば》を吞んだ。

「てまえは、ただ……」

「ただ、なんだ。はきと申せ！」

「へえ、てまえはただ、その値で売ってこいと言われただけで、それが高いか安いかは、とんとわかりませんので」

「こやつ、吹っかけるだけ吹っかけて、つぎは素っとぼけおるぞ」

「われらを惣追捕使と知って、たぶらかすつもりか！」

役人たちが息巻いたが、女は首を竦めて震えている。

年輩の役人が左右を振りむき、久忠と若侍の顔を見くらべた。

「おぬしらは、この女の言い値を払うつもりか？」

「……」

久忠は黙って首を横に振った。

だが若侍はうなずいて、ぽんと胸を叩いた。

「おれは払うぞ。二貫文が五貫文でも払う」

「やっ、五貫文だと？」

「ただし、銭があればだ」と若侍は言った。「あいにくいまは懐具合がかんばしくない。ありていに言えば文無しだ」

役人たちが顔を見合わせて、そら見たことかと笑った。久忠がぼろ布を太刀に巻きなおして、筵のうえにもどすあいだも、にやにやと笑いつづけ、やがて年輩の役人が太刀の切先を女にむけた。

「どうだ、わかったか。そんな法外な値で買う者など、ひとりもおらんぞ」

女が上目遣いに見あげると、役人はその眉間《みけん》のまえに切先を突き出した。

「五百文。このなまくらなら、それで十分だ」

「どうぞご容赦を。勝手に値引きするなと、きつく言われておりますので。五百文では、村に帰れません」

「やかましい、だれが値引きしろと言った。それがこの刀の値打ちだと教えてやっておるのだ」

「どうぞご容赦を。このとおりでございます」

女が伏せた頭のうえで手を擦り合わせる。

「ちぃっ」年輩の役人が舌打ちした。「ならば、三振まとめて二貫文で買ってやる。それならおまえの面目も立つであろうが」

「ほほう、三振をまとめて安値で買って、あとで二振を売って儲ける算段だな」

若侍が聞こえよがしにひとりごちたが、役人はそれに取り合わず、女に覆いかぶさるように言った。

「本来なら一貫半のところを二貫文で買ってやるのだ、ありがたく思え」

「へえ、ありがとうございます」と女が伏し拝んだ。「ですが、なにとぞご容赦を。それでは村に帰れません」

「こやつ、まだ言うか！」

「強情を張ると、身のためにならんぞ」

役人たちがひときわ声を荒らげる。

「だから、そう脅してやるなって」と若侍がまた口を挟んだ。「ほら、可哀想に、こんなに縮みあがっているじゃないか」

「おぬしは買わんのだろう。ならば、よけいな口出しはやめてもらおう」

と年輩の役人が若侍を睨んだ。

「たしかに、おれには関わりがない」と若侍は言った。「しかしだ、横田の市では荘官が欲しいものを腕ずくで値切ると、そんな評判が立てば、貴公らが困るんじゃないか。これだけ大勢のひとが集まっているんだ。噂が広まるのも、そりゃ早いぞ」

「ばかを申せ。われらは役目として、騙《かた》りまがいのあくどい商売を取り締まっておるのだ」

年輩の役人はそう言ったが、気づけば背後にひとだかりができている。通りがかりの数人がなにごとかと足をとめ、そのせいでひとの流れが滞りはじめたのだ。このまま放っておけば、じきに往来をふさぐほどの人数に膨らむだろう。

「貴公らの役目はわかるが」と久忠は言った。「徒手の女を相手に太刀を突きつけての談判とは、さすがに見苦しかろう。買う買わぬはべつとして、ひとまずその剝き出しの刃をしまってはどうか」

「うん、これはもっともだ」と若侍がいち早くうなずいた。「抜き身を片手に立ち話というのが、そもそもよくない」

言いながら手にする太刀にぼろ布を巻きつけると、すまんな、聞いてのとおり文無しだ、と女に詫びて筵のうえにもどす。そして、はたと思いついたように役人たちを振り返った。

「そうだ、いまから政所《まんどころ》に案内してもらおう」

「やっ、政所？」

若侍の態度に仏頂面をしていた役人たちが、なおさら顔をしかめた。

「おぬし、さような場所に行って、なんとする」

「いま思い出したが、横田の預所《あずかりどころ》殿はたしか親父の知り合いだ。事情を話せば、銭を用立ててくれるかもしれん」

政所は荘園を管理する役所。預所というのは領主から任命された荘官の長である。むろん惣追捕使にとっては上司になる。

「おれが一振二貫文で買えば、この話はおしまいだ」と若侍が言った。「貴公らは騙りまがいの商売と言うが、おれはこのとおり騙《だま》されちゃいない。自分の目で品物をたしかめて、相手のつける値段に納得して払うんだ。これならなにをいくらで売り買いしようが、だれに咎《とが》め立てされるいわれもない。そうだろ？」

役人たちは苦り切った表情で口をつぐんでいる。

「なんなら、おれが三振まとめて買って、貴公らに一振進呈してもいいぞ。さっきも言ったが、おれはこの太刀に一振五貫文出しても惜しくない。六貫文で二振も手に入れば万々歳だ」

「………」

「さあ、そうと決まれば、貴公も太刀を返して、さっそく政所に行こう。ん？　どうした、おかしな顔をして。片づけは面倒か？　だったら、おれがやるから、太刀と布をこっちに渡してくれ。いやいや、道案内を頼むんだ。これぐらいはやらしてもらう」

若侍は年輩の役人から強引に太刀を受け取ると、ぼろ布にくるんで女の膝元にもどした。ついでに女の膝をひと撫でして、すぐに銭を持ってくるから売らずにおいてくれよ、と念を押した。

女がうなずくのをたしかめて、若侍はすっと背筋を伸ばし、さあ、行こうか、と役人たちに笑顔をむけた。

「ああ、そうだ。ひとごみで見失わんように、薙刀を高くかかげておいてくれないか」

「む、むっ……」

役人たちが言葉にならない唸りを洩らして往来にむきなおった。いまにも嚙みつきそうな形相に、弥次馬《やじうま》が慌てて道を開ける。肩を怒らせて歩きはじめた役人たちについていきながら、若侍は久忠を振りむいて、ぺろりと舌を出してみせた。

三人の背中がひとごみにまぎれて見えなくなると、久忠は女に詫びた。

「騒がせてしまったな。どうやら、おれのせいで悪目立ちしたようだ」

「いえ、めっそうもございません」

「あの若者はまずもどってくるまい。いまのうちに商いの場所を変えたほうが無難だろうな」

「へえ、そうさしてもらいます」

女は手早く農具を籠に入れて背負い、筵を太刀ごとくるくると巻いて脇に抱えると、あっというまに往来の人波に消えていった。

三

祭りさながらに八幡宮を騒がせていた物売りたちもあらかた商売をしまい、まだ人影は少なからず動いているものの、嘘のようにあたりが静かになったころ、女は売れ残りの品と市で買い込んだ米などの荷物を背負い、門前の通りを西に歩きはじめた。

前方には雲南《うんなん》から石見《いわみ》へとつづく山なみが立ちふさがり、傾いたとはいえまだ厳しい日差しがまっこうから女に照りつけている。

午後からのいっとき、その山なみのうえに白光りする雲が湧きあがり、ところどころに濃い影をふくんで、しばらく不穏な気配を漂わせた。けれども、半刻《とき》（一刻は約二時間）ほどすると、雲はまた急激に薄れ散って、いま空は青白く晴れていた。

女は一度足をとめて背中の荷物を揺すりあげると、あとは小休みもせずに歩いていく。歩幅は狭いが、足の運びは速い。おなじく大荷物を背負う男が追い越されて、かなわんなというふうに首をひねっている。

道は左手に斐伊川が流れ、右手はわずかな平地を挟んで山裾が迫っていた。斐伊川はこのさきで南からくる支流を引きこみながら、山裾をまわりこむように北に曲がっていくのだが、その合流点の手前で道も雲州路に行き当たる。

雲州路は出雲と備後、すなわち山陰と山陽をつなぐ街道であり、横田を起点とする奥出雲の鉄の輸送路でもある。斐伊川の流れに沿って右手に行けば松江《まつえ》の湯町《ゆまち》、その途上の追分を左に行けば出雲大社にいたる。

だが女は雲州路に入ると左手に足をむけ、斐伊川に架かる長い土橋を渡った。本流に背をむけ、支流を右手に見ながら、備後の方角に足早に歩いていく。

あれはふだんどおりの足どりか、それとも急いでいるのか、と久忠はいぶかりながら、女のあとを追っていた。

国境の関所までにいくつ村落があるのか、久忠は知らない。しかし、それほどの数でないのは容易に見当がつく。日没を気にして急いでいるなら、国境の近くまで帰るのだろうか。まさか他国者でもあるまいが。

橋詰からつづく十数軒の家なみを過ぎると、足元が緩やかなのぼりになった。女は正面に盛りあがる小高い丘を道なりに迂回して谷筋を歩いていく。

景色はわずかに農地が開けたかと思えば、すぐに雑木林や草木の生い茂る土手に視界をさえぎられる。田圃《たんぼ》はどれも道に並行して細長く、悠然と起伏する山々の連なりに囲まれて、ひとの営みが物悲しいぐらいささやかに見えた。

街道を南に一里（一里は約三・九キロメートル）余りきたころ、支流に架かる橋があり、それを渡ると小さな村落に入った。谷間に広がるわずかな平地に二軒、三軒と家がかたまっている。やがて古びた八幡宮の鳥居があらわれ、そこが八川《やかわ》という土地と知れた。

六斎市のはずれで鮎を焼いて売っていた腰蓑姿の爺さんの話では、横田の八幡宮はかつて八川から遷《うつ》されたのだという。この村の者かと少なからず期待したが、そうではなかったらしい。女はかえりみる素振りもなく鳥居のまえを通り過ぎると、右手の脇道に折れた。

久忠は小走りに曲がり角までいき、そこで距離を取りなおして脇道に入った。半町（一町は約一〇九メートル）ほど歩くと、足元がはっきりとのぼりになった。家屋は一軒ごとが間遠くなり、家と家のあいだに間口の狭い田圃が段状にならんでいる。

女はあいかわらずの足どりで坂をのぼっていく。市では買えるだけ買い背負えるだけ背負うというありさまだったから、売れ残りと合わせて荷物はかなりの重量になっているはずだが、遠目に見るかぎり苦にするようすはない。

ただひとつ気になるのは、女のうしろ姿だった。といっても、大荷物が上半身をすっぽりと隠してしまい、見えているのは申しわけのように覗いている尻と、それを支える足ぐらいなのだが、その足の太さが左右で異なるように見えるのだ。

むろんじかに生身の足を見たわけではない。だが久忠には左足のほうが逞《たくま》しく、一歩ごとの踏みこみも力強いように感じられる。

道端にほんのひとつかみほどの大きさの田圃があり、それを最後に山道になった。すぐに両側から分厚い雑木の茂みが迫ってきた。橅《ぶな》や櫟《くぬぎ》、水楢《みずなら》が道のうえまでたっぷりと枝を伸ばし、そこにも濃緑の葉を密集させている。足元が薄暗く、前方の見通しがきかなくなった。

どこまで行くつもりか、と久忠は眉をひそめた。村落から見えた低い山が行く手に控えているのはたしかだから、このさきはとうぶん雑木林とのぼり坂がつづくだろう。鳥や獣の巣ならともかく、人里など嘘でもあらわれそうにない。

「だが、まあ……」

と久忠は左右に目を配った。これなら多少見通しが悪くとも、めったにはぐれることはあるまい。

ところが、半里ほどきたとき、突然、女の姿が消えた。久忠はとっさに地を蹴り、いっきに坂を駆けあがった。すると、そこはちょうど峠で、見おろすと、すぐに見慣れた大荷物が目に入った。女はなにごともなく、すたすたと坂をおりていく。

久忠は腰に手を当て、峠にたたずんだ。ぶざまなことだ、と苦笑している。油断にもまして、慢心していたのだ。すべてお見通しという気になっているから、ちょっとしたことに泡を喰ってあたふたと駆けだすはめになる。

峠を越えたあたりは雑木の枝葉がまばらで、空から山の中腹まで透かし見ることができた。日はかなり傾いていたが、西側の斜面に出たせいで景色が明るい。低く射し込む木洩れ日が、ちらちらと女に降りかかっている。

街道筋では往来にも田畑にも頻繁に人影を見たが、山道に入ってからはすれ違うひともまれだった。ようやく人影を見つけたのは、峠をくだりはじめて四半里ばかり過ぎたころである。

土地の百姓らしい老夫婦が道端にしゃがんでいた。摘んできた山菜でいっぱいの籠をわきにおいて、カタバミかなにかの葉を嚙みながらいっぷくしている。女がまえを横切るときにはひとこと言葉をかわしたが、久忠が近づくとうつむいて縮こまってしまった。

久忠は顎をさすった。顔は無精髭に覆われ、着物は旅の垢《あか》と埃にまみれている。それでも山賊や追《お》い剝《は》ぎのたぐいには、よもや見えまいと高を括《くく》っていたが、すこしばかり考えが甘かったかもしれない。これもまた慢心だったか、と嘆息しながら坂をくだっていくと、ふいに目のまえが開けた。谷間につづく道を西日が照らし、そのさきに小さな村落がひっそりと息づいている。

顔に当たる日の光はまだ熱いが、村落は西側の山の落とす影に包まれて空気がひんやりと冷めて見えた。この村か、と久忠は谷間を見渡した。すでに二里は歩いている。ころあいからすれば、そろそろ女が大荷物をおろしてもおかしくない。

谷底に流れている川はそれも斐伊川の支流らしく、家や田畑はその川に沿って横長に散らばっていた。さすがにくたびれたのか、女は村落に入ると歩みを緩めて、川の手前の地蔵のわきで立ちどまった。

アブラゼミの太い声に、遠くからヒグラシのささやきが重なっていた。女は手拭《てぬぐ》いで額と首筋の汗を拭い、地蔵に手を合わせた。背中の荷物をわさわさと揺すりあげると、また足早に歩きだした。

久忠は歩調を合わせてあとを追った。女はそのまま橋を渡って、村落のまんなかを突っ切り、ふたたび山道に入った。深い木立が両側から迫ってきたが、こんどの道は傾斜がなだらかだった。正面の山に分け入るのではなく、ふもとの近くをまわりこむらしい。つかず離れずに歩いて、峠とも呼べないような低い尾根を越えると、ほどなくつぎの集落が見えてきた。

ついさっき通り過ぎてきた谷間の村と瓜二つの景色だった。谷底に川が流れ、田畑が横長に広がり、家がまばらに散らばって、村全体が薄墨色の山影に覆われている。川もさっき見た支流の、さらに支流のようだ。

女はその細い川を渡ると、道を右に折れた。久忠は眉根を寄せた。そっちに行くのか、とあやしんでいる。

女は横田を出たあと、おおまかに言って南、西と歩いてきた。そしていま北にむかっている。このまま支流をたどればいずれ斐伊川の本流にぶつかるが、それならはじめから雲州路を右手に取ればよかったことになる。またそこまで北に行かないにしても、八川までの道中にはいくつか西にむかう脇道があったのだ。どうやら女が最短の道筋をたどっているとはかぎらないらしい。

日は山なみのむこうに隠れているが、まだ頭上は明るく、飛びかう鳥の翼がくっきりと見えた。だが村落を離れてまもなく、西から空が赤らみはじめた。うっすらと残る暑気を洗うように、山肌の木立からさわさわと風が吹きおろしてくる。真夏の長い一日が終わろうとしていた。

さて、このさきどうするか、と久忠は行く手を見やった。日が暮れるからといって、ここで踵《きびす》を返すつもりはない。そんなつもりなら、そもそも奥出雲の六斎市まで女を探しにきたりしない。道はふたつ。このまま尾行するか、いまさらながら女に声をかけて村まで案内を乞うかである。

夕焼けが空のなかばまで広がり、女のうしろ姿が黄昏《たそがれ》色にかすれていく。そして、その黄昏色も刻々と褪《あ》せていき、女の姿がぼんやりと灰色の塊に見えてきた。久忠は目を細め、足の運びを速めた。すると、ぼやけていた女の輪郭がいくらかはっきりしたが、いったん褪せてしまった色彩はもはやもどらなかった。

声をかけるか、かけないか。ともかく距離だけは詰めておくほうがよさそうだ、と久忠が間合いの見当をつけようとしたとき、ふっと女の姿が消えた。道の右手は細い川。女は左手の山裾の木立に入ったように見えた。

久忠は小走りに、その場所に近づいた。やはり山側に脇道があった。幅は狭いが、踏みならされた道である。ちらと川を振りむいて対岸まで目を走らせ、そちらに人影がないのをたしかめて脇道に踏み込んだ。薄闇が煙のように顔を包んできた。

脇道は五、六歩さきで、いったん右斜めにのぼり、すぐに大きく左に曲がっていた。すでに女の姿は見えず、耳をそばだてたが、足音も聞こえない。久忠は音のしない摺《す》り足《あし》をつかい、聞き耳を立てながらほの暗い道をたどった。

いつのまにか蟬が鳴きやんでいた。道はまっすぐに見えても、進むとすぐに曲がり角にぶつかり、不規則な傾斜にあわせて、九十九折《つづらお》りに折れている。久忠は角を曲がるごとに目を凝らしたが、あの大荷物は見えてこない。

ここではぐれるわけにはいかない。久忠は女に追いつくと決めて、足音にかまわず道を駆けあがった。ほとんど直角の曲がり角を過ぎて、そのさきに立ちはだかる根元から二股に伸びた大きな木をまわりこんだとき、突如、背後で殺気がほとばしった。

久忠は反射的にまえに跳び、地に足がつくと同時にもう一歩跳躍しながら空中で身体をひるがえした。体勢低く着地したときには、佩刀《はいとう》の鯉口《こいぐち》を切っている。鋭く目を据えるさきに、女が鎌を振りかざして身構えていた。

四

「あんた、どこまでついてくるんだい！」

女が叫んだ。そこにひそんでいたのか、二股の大木のかたわらで、野犬のように歯を剝き、荒く肩で息をしながら、上目遣いにこちらを睨んでいる。六斎市で見たときとは別人のようである。

「村まで行くつもりだ。おまえさんの村まで」

久忠は身体を起こしつつ、佩刀に添えた手をゆっくりと放した。

「どうだかね。市じゃものわかりのよさそうな顔をしてたけど、とんだ送り狼だ。なにが狙いかわかったもんじゃない」

大荷物はどこかで降ろしたらしい。薄暗がりのなかに女の目と鎌の刃がにぶく光っている。

「不審に思うのは当然だ。怖い思いをさせたなら、そのことも詫びる。しかし、おれは本当におまえさんの村に行きたいだけだ」

「それが怪しいんだよ！　あたしの村になんの用があるっていうんだい」

「たしかゴロゾウといったか、とにかく、あの太刀を打った鍛冶屋に会ってみたいのだ」

「えっ、ゴロゾウ爺さん？」女が拍子抜けしたように息をついた。「なんだ、そんなことかい」

「ああ、そんなことだ」

久忠がうなずくと、女はふくれっ面をしながら鎌をおろした。

「おかしなひとだね。それならそうと、はじめから言えばいいじゃないか。それを黙ってこそこそついてくるから、悪さをするつもりにちがいないって思うだろ」

「すまなかった。頼めば、村まで案内してくれたか」

「そりゃ、どうせ帰り道だからね。ほんとに勘弁しとくれよ、ひとこと言えばすむんだから。それを追い剝ぎみたいにつけまわして、おかげで寿命が三年は縮んだよ」

女はぶつくさ言いながら久忠に歩み寄ると、さっと鎌を振りあげて激しく切りかかった。

だが久忠は余裕をもって、女の腕をつかみとめた。手首の急所を押さえると、女がうっと呻《うめ》いて鎌を取り落とす。久忠は女の目を見て、軽く突き放した。

「こうなると思ったから、黙ってあとをつけたのだ」

女は素早く鎌を拾いあげると、一歩、二歩と後退《あとずさ》りながら、また肩口に振りかざした。

久忠を睨みつけ、うしろを見返して苛立たしげに声を張りあげた。

「そっちで高みの見物をしてるやつも、隠れてないで顔を見せな！」

「………」

「ほら、早く出てくるんだよ」

「やれやれ、まいったな」

二股の大木のむこうで声がして、曲がり角から人影があらわれた。六斎市にいた、あの若侍だった。久忠も背後にもうひとり尾行者がいると気づいていたし、それがだれかも見当はついていたが、じゃまさえしなければかまわないと放っていたのである。

「いやあ、ほんとにまいった……」若侍はぼやきながら近づいてくると、鎌の刃先から十分に間合いを取って足をとめ、久忠と女を見くらべた。「貴公には気取られるものと覚悟していたが、まさか女にまでばれるとは、まったくもっておれの尾行術もたいしたことがない」

女は険しい目を若侍から久忠、久忠から若侍へと振りむけた。

「いいかい、よくお聞き。あんたらのことなんぞ、あたしはいっさい信用しない。もちろん村にも連れて行かない。だから、このさきは決してついてくるんじゃないよ。でないと、こんどこそ喉《のど》を掻っ切るからね！」

「おいおい、そんな物騒なことを言わずに、ちょっと落ち着いて、おれの話を聞け」と若侍が言った。「いいか、あんたが無事に商売を終えて、こうして土産まで買って家路についているのは、みんなそっちの御仁《ごじん》のおかげだぞ」

「はあ？　なんの話だい、ばかばかしい」

「あのあとの話さ。くだんの役人たちがあんたを探しにもどってきて、見つかればただじゃすまないところを、そっちの御仁がうまく話をつけてくれたんだ。そんなわけだから、すこしは恩に着て、おれたちに親切にしてもいいはずだ」

「知ったこっちゃないね」と女は吐き捨てた。「だいいち、役人が探してたのは、あたしじゃなくて、あんたのほうだろうさ」

女の言うとおりだった。役人たちが血眼になって探していたのは、政所にむかう途中で姿をくらませた若侍のほうで、女のことは二の次、久忠はついでぐらいに思われていたのである。

横田八幡宮の奥に岩屋寺《いわやじ》という山寺があり、斐伊川に注ぐ小さな沢に沿って参道がつづいている。久忠は市にもどってきた役人たちを見つけると、みずから声をかけて、この参道に誘い込んだ。そして世間話をしながら、まとわりつく羽虫を抜き打ちに斬ってみせると、役人たちはにわかに行儀がよくなり、よけいなことにかかずらわず、惣追捕使の役目に専念する気になったのである。

「そりゃ、おれのことも探してはいただろうが、だとしても、それはあんたを助けるためにやったことが原因だ。やっぱり恩に着るべきだぞ」

「だれが助けてくれと頼んだのさ。あんたらが勝手にやったことだろ。恩に着るいわれなんぞ、これっぽっちもないね」

女はそう言ったが、さすがに構えていた鎌をおろし、わずかに表情をやわらげた。若侍をひと睨みしてわきをすり抜け、二股の大木のところまでもどると、横手の木立に分け入って、大荷物を引っ張り出してきた。

「いいね、あんたらはここまで。決してついてくるんじゃないよ」

女は大荷物を背負うと、もう一度脅すように鎌を振りかざしてみせた。

「しかし、じきに闇夜になるぞ」と久忠は言った。「見たところ灯の用意はないようだが、月明かりも届かん山道をどうやって帰る?」

実際、道はもううっすらと夕日の名残りが漂うだけで、なかば闇に塞《ふさ》がれている。

「ふん、だれのせいさ」女が鼻息を吐いた。「あんたらをまこうと遠回りしたから、こんなに遅くなったんだ。つべこべ言わずに、とっとと消えとくれ」

「わかった、わかった」と若侍が手をあげて、なだめる仕草をした。「ついていくのはやめる。恩に着ろとも言わん。だから、せめて街道筋まで案内してくれ」

「はあ？　街道筋まで案内しろだって」

女はおおげさにあきれ顔をして、若侍に背をむけた。ちっ！　と聞こえよがしに舌打ちして歩きはじめる。

「待った」と若侍が呼んだ。「察しはつくだろうが、おれたちは土地勘がない。こんな時分にこんな山のなかに放り出されたら、よくて行き倒れ、悪くすれば狼の餌だ。案内してもらえんなら、どんなに嫌がられてもあんたについていくしかないぞ」

女はちょうど二人の中間で足をとめ、若侍と久忠の顔をじろり、じろりと見た。

「ああ、ほんとに蠅よりもうっとうしい連中だね」と容赦なく毒づいた。「このさきに雨露をしのげる場所があるから、そこで夜を明かしな。朝になりゃ、案内がいなくても、きた道ぐらいは帰れるだろ」

「そりゃ、助かる」と若侍が手を打った。「これで狼どもは、今夜はおあずけだ」

久忠は行く手を見やり、女に目をもどした。

「おまえさんも無理に夜道を行くより、そこで朝を待ったほうがいいのではないか」

「言われなくても、そのつもりさ。まったく、いつもの買い出しのはずが、とんだ災難に遭っちまったよ」

女は太いため息をついて、背中の荷物を揺すりあげると、ぶちかます勢いで久忠に突進してきた。久忠はなんとか紙一重に身をかわして、女のあとにつづいた。すぐに若侍が追いついてきたが、道はならんで歩けるだけの幅がない。斜めうしろから、久忠の耳元に話しかけてきた。

「いやはや、売れ残っていたのが鎌でよかった。これが太刀や鉈なら、ほんとに血の雨が降っていたかもしれん」

「………」

「それにしてもあの太刀、役人には二貫文と吹っかけておいて、ほかの客には一貫文やそこらで売るんだから、この女もなかなかに曲者《くせもの》だと睨んではいたが、ここまで手強いとは正直驚いた。こりゃ、ただの百姓女じゃないな」

「………」

「で、貴公はなにが目当てで女のあとをつけた？　鍛冶屋に会って、太刀でも安く仕入れるつもりか」

「ああ、それも悪くない」と久忠は言った。「おぬしはどうだ、なにが目当てでつけてきた？」

「おれの目当ては、貴公さ」と若侍は言った。「役人どもをまいたあと、女を探して市をぶらついていたら、なんと貴公が女を見張っている。これはなにか面白いことがあるぞと、それからおれは貴公を見張っていたんだ」

「それはとんだ骨折りだったな。おれといても面白いことなどなにひとつないぞ」

「さて、それはどうかな。貴公がこのまま素直に諦めるとは思えんが」

若侍がそう言うのを聞き咎めたように、女が足をとめて振り返った。

「じきに着くけど、これだけは約束してもらうよ。夜が明けたら、なにも言わずにおとなしく帰ること。いいね、かりにも侍が二枚舌を使うんじゃないよ」

久忠と若侍はともに黙ってうなずいた。

そこから半町ばかり曲がりくねった道を歩くと、ふいに開けた場所に出た。五間四方（一間は約一・八メートル）ほどの広さがあり、空が見えるおかげでほのかに明るい。周囲の木が目立って細く、剝き出しの土にまばらに草が伸び、奥に古びた掘立小屋が建っている。

若侍は空を仰いで長々と息をつくと、大ぶりの石が転がる足元を見まわした。

「なるほど、使い古しの炭焼き小屋か。たぶん、このあたりが窯跡だな」

「ざっと十年は使ってないだろうね」と女は言った。「獣が棲みついてるかもしれないから、あんたらでたしかめとくれ」

「獣？」若侍が訊き返して、久忠の顔を見た。「まさか狼が飛び出したりはせんだろうな」

「さあな。鬼が出るか、蛇《じゃ》が出るか、熊や狼でも、文句は言えまい」

久忠は真顔で言った。

「だいいの男が二人そろって尻込みしてるんじゃないよ。ほら、さっさとたしかめてきな」

と女が顎をしゃくった。

「こういうときは、持ち場を分担するのが兵法の常道だ」と若侍が言った。「よし、おれが戸を開けるから、貴公が踏み込んでくれ」

「………」

久忠は若侍の顔を見なおし、むっつりとうなずいた。

二人は掘立小屋に歩み寄った。近くで見ると、壁板は雨染みだらけであちこちが朽ちかけており、屋根も端のほうが崩れ落ちかけている。若侍が首を竦めて軒下に入り、そっと引き戸に手をかけた。久忠は戸口の正面に立ち、やや膝をたわめて身構えた。

若侍がちらとこちらに目配せした。がた、がた、と戸板がつっかえながら、すこしずつ動いていく。隙間から深く濁った闇が見えて、黴《かび》まじりの埃のにおいが流れ出てきた。かすかに獣くさい気もする。だが大きな生き物の気配や息遣いは感じられない。棲みついているとしても狸か鼬《いたち》のたぐいか、と久忠は視線をさげた。

戸板は三が二ほど開いたあとは、がたがたいうだけで動かなくなった。久忠は戸口に近づき、息を殺して闇の奥を窺った。すると、その闇を掻きまわすように、ぱさぱさっと奇妙な音が飛びかい、いきなりコウモリが五、六匹、そのうちの一匹は久忠の顔のすぐそばをかすめて、慌ただしく小屋から飛び出していった。

久忠は思わず息を呑んだ。あらためて小屋のなかに聞き耳を立て、物音がしないのをたしかめる。戸口をくぐり、用心深く周囲を窺ったが、埃が舞った余韻のほかに気配はない。

「どうだ、大丈夫そうか」

うしろで若侍の声がした。直後におなじ声が「うおっ！」と叫んで、久忠の背中にぶつかってきた。二人は暗闇にむかってたたらを踏んだ。同時に背後で荒々しく戸を閉める音がして、目のまえが黒一色になりはてた。

「しまった、閉じ込められた！」

若侍がわめいた。ぶつかった体勢のまま、久忠の背中にしがみついている。

「うろたえるな、戸板などどうにでもなる」

久忠は言ったが、一瞬、暗闇のなかで方向感覚を失った。目を閉じて耳と足裏に感覚を集中する。五感の平衡を取りもどすと、いい加減にしろと若侍を振りほどいで、戸口のほうに向きなおった。

見当をつけた方向に右手を伸ばして進むと、数歩で指先が壁板に触れた。小指の側から触れたということは、壁にたいしてやや左をむいていることになる。右側に伝っていくと、がたっと戸板が揺れた。

「おい、貴公、どこだ、なにをやっている！」

若侍がまたしがみついてきた。暗闇で声が大きくなるのはしかたないが、腕やら脇腹やらをやみくもにつかんでくるのは煩わしい。

「戸を開けるから、じゃまをするな」と久忠は言った。「いや、なにかつっかえがしてあるな。おい、蹴破るから、離れていろ」

「おっ、そうか、わかった」

若侍が手を放して身を引くと、久忠は足をあげて戸板を蹴りつけた。一度目はかなり力加減したのだが、木材が脆《もろ》くなっていたのだろう、それだけで戸板が倒れて、裂けた戸枠から木っ端《こっぱ》が散った。

久忠は戸板を押しのけておもてに出た。足元に女の大荷物が転がっている。それをつっかえにしていたのだろう。見まわしたが、むろん女の姿はない。

若侍が木っ端と埃にむせながら小屋を出てきた。

「逃げたか」

「ああ、してやられた」

「どうする、追うか」

「おぬしは小屋の裏手を探してくれ。おれは道をたどってみる」

「わかった。いずれにせよ、ここでまた落ち合おう」

「女はまだ鎌を持っているはずだ。用心しろよ」

久忠は道にもどり、左右に目を配った。木立はいちだんと闇が濃く、道も数歩先までしか見えない。久忠たちを小屋に閉じ込めたわずかなあいだだけでは、女もそう遠くには行けないはずだが、どこからも足音は聞こえなかった。

まえに進むか、きた道を引き返すか。あの女ならあともどりはしまい、と久忠は読んだ。決断すると、久忠はできるかぎりの速さで暗い道を走った。それで追いつかなければ、女はどこかで道を逸れたか、まだこの近くにひそんでいるのだ。そうした痕跡は炭焼き小屋にもどるとき、じっくりと目を皿にして探せばいい。

尾行するときとちがい、むしろ追い立てるように足音を響かせた。するといくらも走らないうちに、かたわらの木立の奥で葉がざわめき、みしっと枝が折れる音がした。茂みを騒がせてなにかが落ち、ぎゃっと潰れた悲鳴が聞こえた。

久忠はすかさず木立に分け入った。脛《すね》まで伸びた草を踏みながら進むと、木の幹を七、八本過ぎたところに鎌が落ちていた。久忠は鎌を拾い、柄が道のほうを指すように地面に突き立てた。そこから数歩先に女が倒れていた。

女は上半身を起こしているが、立ちあがれないらしい。身体のうえに散らばる枝葉を払い落として、久忠を睨みあげた。

「ほんとに、あんたらは疫病神だ！」

五

女が商売に使っていた筵を広げて土間の隅に敷くと、若侍は片側の半分に腰をおろして胡坐《あぐら》をかいた。

「ところで、貴公、まだ名を聞いていなかったな」

炭焼き小屋のなかは、これも女の荷物にあった油に灯をともして、淡く黄ばんだ光が揺れている。周囲の闇が濃く濁って見えるのは、屋根裏や板壁が黒く煤《すす》けているからだ。黴と埃のにおいのほかに、炭の香りがかすかに残っている。土間はコウモリやなにか小さな獣の糞だらけで、久忠と女は反対側の隅の狭い板の間にいた。

女の左足首に細く裂いた布を巻きながら、久忠は振りむかずにこたえた。

「愛洲久忠だ」

「愛洲？　このあたりでは聞かん名字だな」

「伊勢《いせ》では、たまに聞く」

「ほう、勢州のひとか。すると、いまはさしずめ、陸《おか》にあがった河童ならぬ、山にのぼった海賊だな」

「まあ、そんなところだ」

と久忠は言った。実際、愛洲氏は伊勢の海賊衆に名を連ねている。陸地に根を張る豪族のように領地からあがる年貢を基盤とするのではなく、海運に関わる収益を勢力の土台としているのだ。軍容も騎馬や徒歩《かち》を主体とせず、船団を組織して海上での戦闘にこそ威力を発揮する。久忠も幼いころから船に揺られて育ったと言っていい。

「で、おぬしは？」

「おっと、これは申し遅れた。おれは、又四郎《またしろう》。うむ、山中《やまなか》又四郎だ」

「雲州の産か」

「それはそうなのだが、しばらく他国暮らしをしていて、この春にもどってきたばかりだ」

「これでよかろう」と久忠は言った。又四郎にではなく、女にである。「折れてはいないが、おそらく骨にひびが入っている。腫れや痛みはこれからが山、今夜は熱も出るはずだ。つらいときは言え。もう一度薬を塗ってやる」

女は添え木を当てた左足首をちらりと見たが、なにも言わずにそっぽをむいた。

道中で見込んでいたとおり、女はやはり左の太腿や脹脛《ふくらはぎ》が右よりひとまわり逞しく、足も左のほうが半寸近く大きかった。長年にわたりなにか左足だけ踏ん張る作業をつづけてきたのだろう。

久忠は軟膏の入った貝殻を打飼袋《うちがいぶくろ》にもどすと、立って又四郎のほうにいき、筵の残りの半分に腰をおろした。

「どうだ、明日には歩けそうか」

又四郎が女に目をやりながら訊いた。

「無理だな」

「じゃあ、おれたちで村まで送ってやるしかないか」

「おぬしが背負ってやれ。おれは荷物を運ぶ」

こんどは久忠が先手を打った。

「やっ？」又四郎が久忠の顔を見なおし、憮然とうなずいた。「よかろう、まかせておけ」

「案ずるな。ここまで抱えて運んだが、綿のように軽かった」

「そう願いたいな」と又四郎はあきらめ口調で言って、久忠の打飼袋に目をむけた。「伊勢の薬といえば萬金丹《まんきんたん》は知っているが、それも名のある薬なのか」

「いや、これはわが家に伝来の薬だ。擦り傷や金瘡《きんそう》、打ち身などに使うのだが、痛みもすこしはましになる」

「そりゃ、ぜひ作り方を教わりたいな」

「では、まずわが家に婿入りしてもらおうか」

「うーん、勢州に婿入りか。おれは船酔いするからな」と又四郎は首をひねり、「そういえば、その伊勢の海賊殿がどうして出雲の山奥で百姓女の尻を追いかけていたのか、いきさつを聞きたいものだ。まさかたまたま横田の六斎市にきて、通りすがりにあの女に一目惚れしたわけでもあるまい」

「一目惚れ、か」久忠は遠い目をした。「たしかに、そうだな。女にはせんが、太刀には一目惚れしたかもしれん」

「おい、それは聞き捨てならんな。貴公は市で見ているとき、騒ぎ立てるほどの出来ではないと言ったぞ。あれは横取りされんがためのめくらましか」

「いや、そんなつもりはない。おれが一目惚れしたのは、ひと月ほどまえに見た太刀だ。

あれは今日よりも一等すぐれた出来だった」

久忠がその太刀を見たのは、因幡《いなば》の青屋《あおや》という港町だった。その日、久忠は町はずれの木賃宿で一夜を明かしたのだが、泊まり合わせた牢人者が酒盛りの輪から立ちあがり、さも自慢げに粗末な鞘から太刀を抜くのを見たのである。

「おおっ」

と酒盛りの仲間が息を呑むほど、見事な太刀だった。久忠も目を疑う思いで、急いで輪に加わり、牢人者の話に耳を傾けた。

だがわかったことは三つしかなかった。牢人者は出雲の飯石《いいし》荘の市で太刀を手に入れたこと。売っていたのは年輩の百姓女だったこと。値は一貫文だったこと。その女がどこのだれで、太刀を打ったのが何者かは、まったくわからない。

「そういえば、よくしゃべる女だったが、いま思うと、肝心なことはなにも話さなかったな」

久忠に問われて、牢人者は伸びた月代《さかやき》をぼりぼりと掻いたのである。

翌朝、久忠は木賃宿を早々に出立すると、山陰道で因幡から伯耆を経て出雲にむかった。そして飯石荘をかわきりに雲南各地の三斎市《さんさいいち》や六斎市を訪ね歩いたが、太刀を売る女を見つけられなかった。ただそういう女を見たという噂だけはいくつか聞くことができ、そのひとつを頼りにこうして奥出雲まできたのである。

「なるほど」と又四郎が腕組みした。「話からすると、ひと月まえに見たのは、よほどの名刀だったらしいな」

「いや、名刀というのとは、すこしちがうが」

「しかし、そこまで執着するからには、ただの太刀ではなかったんだろう」

「まあ、な……」

「どうした、歯切れのわるい。隠さねばならんようなことなのか」

「そういうわけではないのだが」と久忠は眉根を寄せた。「おれにはその太刀が、この世にあるはずのないものに見えたのだ」

「あるはずのない？　そりゃ、どういう意味だ」

「文字どおりの意味だ」

「だから、どう文字どおりなんだ？」

「その話は鍛冶屋に会ってからにしよう。おれもまだ確信があるわけではない」

「ふうん」又四郎は鼻を鳴らし、値踏みするような目つきで久忠の横顔を眺めた。「よし、貴公がそう言うなら、明日の楽しみに取っておこう」

「ああ、そうしてくれるとありがたい」

「しかし、今日は荘官から逃げまわったり、貴公や女を追いかけたりとくたびれた。これだけ歩いたのだから、明日はすんなり村に着きたいものだ」

「だといいが、どう転ぶかは、あの女しだいだな」

久忠は言いいながら、板の間の女に目をむけた。女は左足をまえに投げ出し、立てた右膝を抱えて、壁のほうに顔をむけている。激しい痛みの波が押し寄せているはずなのに、ほとんど身じろぎもしない。

なぜ女はこれほどかたくなに、久忠たちを村に近づけまいとするのか。あるいは、鍛冶屋に会わせまいとするのか。なにか見落としたことはないかと、久忠がこれまでの経緯を思い返していると、又四郎がこくりとうなだれて、早くも寝息を立てはじめた。

霧《きり》の底《そこ》

一

「ほら、言ったとおりだ」と又四郎が目を輝かせて笑った。「貴公といれば、やはり面白いことがある」

久忠も眼下の景色に目を瞠《みは》った。

「あそこにあるのか、おまえの村は?」

背中の女に訊くと、投げやりな声が返ってきた。

「そうさ、あそこさ」

久忠が女を背負っているのは、ここまでの道中で又四郎が音をあげたからだ。けれども、これはいたしかたなかった。むしろよくあれだけ辛抱強く歩いたものだと、久忠は少なからず又四郎を見なおしていた。

昨夜、女は懸念したとおり熱と痛みに苦しんだ。浅い眠りに落ちては、うなされて目覚め、苦痛に耐えながらうとうとしては、またうなされて目覚める。一度久忠が薬を塗りなおしたが、さして効き目はなかった。痛みの波は夜どおし繰り返し、戸口に立てかけた戸板の隙間から朝日が射し込むころには、女は壁に背中をあずけて手足を投げ出し、土気色《つちけいろ》の顔をぐったりとうつむけていたのである。

小屋を出て又四郎の背に赤子のように結わえつけられるときにも、女はもはや抗《あらが》わなかった。又四郎の胸元にだらんと腕をたらし、村に案内するよう言われると、素直にうなずいた。ところが、そこからが試練のはじまりだった。久忠たちは女に指示されるまま、昨日よりもはるかに長く険しい道程をひたすら歩きまわされたのだ。

女に村まで行くつもりがないとか、久忠たちを諦めさせようとしているとか、そんなふうには思えなかった。久忠たちの助けがなければ村に帰れないことは女も理解していたし、本意でないにせよその事実を受け入れているように見えた。

しかし、だからこそ女は村までの道筋を決して悟らせまいとしているようだった。指示する場所は杣人《そまびと》の踏み跡もない獣道や膝まで浸かる沢渡り、つかめば砕ける脆い岩場や木洩れ日もまれな樹海の連続で、久忠たちは何度も方向感覚や距離感を失った。

たとえば横田八幡宮や炭焼き小屋など、四半刻と経たないうちに方角も距離も見当がつかなくなり、それどころか、いま歩いているのはとなりの国で、この場所を通るのは三度目だと言われても、それが本当か嘘かさえわからない状態になってしまったのだ。

「あの岩を抜けると、あとは一本道だよ」

と女が言ったのは、又四郎と交代した久忠も音をあげかけた、午後も遅くなってのことだった。

目のまえの峠道を灰色の岩の壁が塞いでいた。高さはひとの背丈の三倍ほどあり、まだらに苔生《こけむ》した表面に幾筋も縦の亀裂が走っている。

女は越えるではなく、抜けると言った。久忠は岩壁を横につたい、抜け道を探した。すると、正面から見ると細い縦縞にしか見えない場所に深い段差があり、そこから斜め奥にむかってひと一人が通れるほどの裂け目がつづいていた。

女にここかとたしかめたが、聞こえたのは熱っぽいため息だけだった。岩にぶつけないよう女の足をかばいながら、久忠は裂け目に踏み込んだ。両側は削《そ》いだように垂直に切り立ち、小石まじりの足元は急激に傾斜している。

わずか十歩余りを滑り落ちそうになりながら通り抜けると、いっきに視界が開けた。そこには思い描いていたどんな眺めともちがう奇妙な景色が広がっていた。

「まるで白い池だな」

又四郎が言いながら、久忠のとなりに立った。あるいは小さな雲海と言うべきかもしれない。そそり立つ峰や尾根の起伏に囲まれた擂鉢《すりばち》のような地形に濃い霧が溜まり、その底にあるものを白く厚く覆い隠している。

「なるほど、出雲、神が造ったか」

久忠はなかばひとりごちた。

「いやあ、疲れが吹っ飛んだ」

又四郎が大荷物をわさわさと揺らした。

「まったくだ。背負われているのをいいことに、山越え谷越え好き放題に歩かせてくれたが、これは足を棒にしたかいがあった」

「おっ、貴公、はじめて笑ったな」

「さあ、行くぞ」

裂け目の出口からつづく道は、ところどころに岩の突き出た斜面を縫いながら、霧のなかへと沈んでいる。

久忠と又四郎は足早に斜面をおりた。急ぐつもりはなくても、足が勝手に動く。道はほぼまっすぐで、木立も密生しておらず、周囲の見通しはよかった。鳥がさえずりながら岩から岩へと飛び渡り、木の茂みから仲間の声が返ってくる。陽だまりで身体を伸ばしていた蛇が、久忠たちの姿に慌てるでもなく草むらに這い込んだ。

空にはちぎれ雲が流れ、日はまだ稜線《りょうせん》に遠かった。べつの鳥が木のてっぺんにとまって、じっとなにかを見据えている。足元の草がしだいに湿り気を帯びてきた。小さな露をのせた黄色や薄紫の花びらが風に揺れて、そのうえを雲の影が巨大な船のようにゆっくりと横切っていく。

やがて薄い霧が斜面を漂いはじめた。霧はじわじわと濃くなりながら、足首から膝、腰の高さに迫《せ》りあがる。そして、いっきに全身を包んだ。すべてが真っ白になった。上下も前後も左右もなく、流れ込む日の光がこまかな氷の結晶のようにいたるところできらきらと輝いている。

ふいに久忠の背中で鋭い音がした。女が指笛を吹いたのだ。つづけて二度、ぴいっぴいっと霧を震わせて響いていく。

だが久忠はかまわず歩きつづけた。女がなんらかの方法で村に余所者《よそもの》の到来を知らせようとすることは、これまでの言動からして容易に推測できた。又四郎もおなじ考えでいたらしく、なにも言わない。目のまえの真っ白な世界が薄れはじめた。しだいに視界に色彩がもどり、すうっと霧を抜けた。

久忠はふたたび足をとめた。見おろすさきに集落があった。擂鉢の底の楕円形の平地に斜めに小川が流れ、大小の家屋と狭い田畑が点々と散らばっている。家屋はざっと三、四十戸ばかり。人影は道や畑に数人しか見えない。霧越しに照らす日は思いのほか明るいが、目に映るものがどれもすこし色褪せて感じられる。

「着いたな！」

又四郎が久忠を追い越して、二歩、三歩と進み出た。足どりも声も浮き立っている。手《て》庇《びさし》をして集落に目を凝らした。

「鍛冶屋が寝泊まりしている庚申堂とやらは、どれだろう」

「さあ、それらしき建物は見えんな」と久忠は眉をひそめた。「そもそも、そんな鍛冶屋がいるかどうかもあやしい」

「そうだな、この景色を見たら、市で聞いた話がみんな眉唾《まゆつば》に思えてくる」

「ひと筋縄ではいかん、それだけはたしかだ」

「よし、ますます面白くなってきた」

二人はそろって歩きだした。久忠の背中で女が身を硬くした。又四郎が気配を察して、おい、まさかこの村も通り過ぎろとは言わんだろうな、と軽口を言った。

道は緩やかに蛇行しているが、平地の周囲は高い木が少なく、見晴らしは悪くなかった。

板葺きや草葺きの家屋から昇る幾筋かの煙が、いまや雲と呼ぶべき頭上の霧に吸い込まれていく。斜面がなだらかになり、集落に近づいてきた。

久忠は左右の灌木に目を配り、前方に視線をもどした。いくつか人影が動いて、集落の玄関口に集まってくる。三人、いや、四人のようだ。いずれも女で竹槍を手にしている。

女たちは言葉を交わすでもなく、横にならんで道に立ち塞がった。竹槍はいまのところうえをむいているが、こけ脅しではない。十分な長さと太さがあり、先端を鋭く切り尖らせた本物の武器である。

「貴公、なにをしでかした?」と又四郎が言った。「昨日は鎌で切りつけられ、今日は槍《やり》衾《ぶすま》で出迎えだ。よほど女連中に恨まれているにちがいないぞ」

「そう言われてもな」

と久忠は顔をしかめた。村人に歓待されるとは思いもしないが、さすがに竹槍までは覚悟していなかった。

「おぬしこそ、どうだ。身に覚えはないのか」

「おれか?」又四郎がにやりと口の端を曲げた。「たしかに、ちょっとばかり女を泣かせすぎたかもしれん」

「ともかく、ここで尻尾を巻くわけにもいくまい」

「むろんだ。ともかく、行けるところまで行く。で、いざとなれば、女と荷物を捨てて逃げる」

「そうならんことを願おう」

「ああ、今日はもう山道は懲りごりだ」

二人は足どりを変えず、女たちに近づいた。又四郎が槍衾と言ったのが聞こえたのか、女たちがいっせいに身構えて槍先をこちらにむけた。又四郎が久忠のうしろにさがった。

二人は集落の手前までくると、女たちと槍二本分の間合いを残して足をとめた。

「あやしい者ではない」と久忠は言った。「横田からの道中、この女子《おなご》が怪我をしたので背負ってきた。ただし、礼を言われる筋合いでもない。怪我をしたのはわれらのせいで、こうして連れてきたのも、たんなる善意とは言いがたい。仔細《しさい》はこの女子から聞いてくれ。そのうえで、われらがなぜここにきたか説明させてもらえるとありがたい」

四人のなかで年長に見える女が槍先をおろして近づいてきた。久忠のわきまでくると、「おせい、大丈夫かい」と背中の女に声をかけ、仲間を振りむいて呼んだ。

「おきんはおせいを背負ってやりな。おあきは荷物だ」

背中の女は名をおせいというらしい。これまで何度訊いてもこたえなかったのだ。

呼ばれた女が近づいてきたので、久忠はおせいを結わえつけていた縄をほどいた。すると、おせいは久忠を突き放すようにして、いったん片足で道に立ったが、そこで緊張の糸が切れたのか、体勢を崩して仲間の腕に倒れ込んだ。

又四郎はそのあいだに荷物をおろして、もうひとりの女に渡した。

年長の女はわきからおせいを手助けすると、あらためて久忠の正面に立った。

「話はわかった。おせいから事情を聞いたあと、あんたらには里長《さとおさ》に会ってもらう。もちろんすぐにとはいかないから、しばらくあたしの家で待ってもらうよ」

久忠と又四郎はちらと顔を見合わせてうなずいた。

年長の女が先頭に立って歩きはじめ、久忠と又四郎のあとに残りの女たちがつづいた。

集落に入ると、荷物とおせいを受け持つ二人がべつの道をいき、久忠たち四人はまっすぐに進んで短い橋を渡った。そこは集落の中心地で家屋や田畑に沿って小川から幾筋か細い水路が引かれ、奥にひときわ大きな建物が見えた。

年長の女は左手に行く道を歩いて、菜や瓜の実る小さな畑のわきに立つ家のまえでとまった。

「母ちゃん！」

戸口から子犬のように女の子が飛び出してきた。年長の女の腰にしがみつき、ぎゅっと顔を押しつける。

「母ちゃん、大丈夫?」

と母親を見あげ、腰のわきから顔を覗かせて、久忠を上目遣いに睨みつけた。

「母ちゃんは大丈夫さ」と年長の女が娘の頭を撫でた。「さあ、姉ちゃんと一緒におやえさんのところに行っといで。呼びに行くまで帰ってくるんじゃないよ。姉ちゃんの言うことを聞いて、おとなしく待ってるんだ」

戸口の近くまできていたのか、十五、六歳の娘がすぐに家から出てきた。母親の顔を見てうなずくと、妹の手を引いて畑のむこうの隣家にむけて歩きだす。妹は何度もこちらを振り返ったが、姉はわき目も振らずにきびきびと歩いていった。

「さあ、あんたらはこっちだ」

年長の女が掃くような手振りで家に入れとうながした。

二

家は十坪ほどの広さで、半分余りを土間が占め、奥に囲炉裏《いろり》を切った狭い板の間があった。

久忠と又四郎は、その板の間のへりにならんで腰をおろした。ふうっと息音が重なった。雲行きはすこぶるあやしいが、こうして坐るとひと息つかずにはいられない。

開け放された戸口の外にはさっきの女が二人、竹槍を握って立っていた。年長の女はおたきと呼ばれているのが聞こえたが、もうひとりの若い女の名はわからない。

二人はときおり家のなかを覗いて、久忠たちのようすをたしかめる。見張られているにはちがいないが、捕らわれの身というわけでもないようだ。

というのも、久忠たちは佩刀を取りあげられておらず、その気になればいつでもこの家から出ていけるからだ。武士二人を竹槍二本で止められないことぐらいは、おたきもとうに承知しているだろう。

いまのところ村人は物々しくぞんざいな応対をしているが、こちらに危害を加えるつもりはないらしい。とすれば、あの竹槍も護身のためとみるべきか、と久忠は戸口の人影に思案の目をむけた。

「さて、どうなるか」と又四郎が腕組みした。「ひとまず串刺しにはされずにすんだが、あの女から事情を聞いて、にわかに村人の態度が軟化するとは思えん」

「まあ望み薄だな」と久忠は言った。「なにせ真顔で疫病神呼ばわりされたぐらいだ。どれだけ悪く言われるかのちがいはあっても、よく言われることはあるまい」

「疫病神か。なるほど、村人のおれたちを見る目つきは、まさしくそういう思い入れかもしれん」

「里長とやらが、話のわかる人物ならいいが」

「それにしても、おかしな村だ。出雲生まれのおれでも、こんな珍奇な山里の話は聞いたことがない。連中が平家の落人の末裔《まつえい》だと言っても驚かんな」

「三年ほどまえに、阿波《あわ》でそういう噂の村に立ち寄ったが、たしかにそこもおかしな感じがした。村人の物腰や物言いが、いかにも長居は無用という冷たさでな。しかし、それでも竹槍で追い立てられはしなかったが」

「ほう、貴公は四国に行ったことがあるのか」

「伊勢の海賊なら、ふしぎはあるまい」

「それじゃ、九州にも？」

「ああ、日向《ひゅうが》に豊前《ぶぜん》、豊後《ぶんご》、肥前《ひぜん》、肥後《ひご》。筑前《ちくぜん》から朝鮮に渡ったこともある」

「なんと、冗談のつもりで言ったが、ほんとに海賊衆だったか」

又四郎が目を丸くして、久忠の顔を見なおした。

「まあな」と久忠は片眉をあげて、「そんなことより、妙だとは思わんか」

「妙？　と言われても、おかしなことだらけで、いったいどれのことか」

「男だ。遠目に村が見えはじめてから、この家に放り込まれるまで、ひとりも男の姿を見ていない。おぬしはどうだ?」

「ああ、たしかに。女に取り巻かれるのに慣れているから気にもしなかったが、そういえば畑で働いていたなかにも、それらしき人影はなかったな」

又四郎は言いながら、家のなかを見まわした。土間には竈《かまど》や水甕《みずがめ》、盥《たらい》や桶のほかに、篩《ふるい》や笊などの農具、丸太の腰掛、藁切《わらきり》と横槌《よこづち》、綯《な》いかけの縄などが散らかり、板の間には囲炉裏端に繕《つくろ》い物《もの》が針を刺したまま放り出されている。壁に吊るされた蓑と笠、草鞋《わらじ》の束のわきに棹竹が何本か立てかけてあり、行李《こうり》をのせた棚の端には手拭いが干してある。

「うん、この家も男のにおいがせんな」と又四郎が首をかしげた。「女を残して、男連中は山仕事に出ているのか」

「いや、それなら人影はともかく、なにか男の持ち物ぐらいは目につくはずだ」と久忠は言った。「まあ、まだ村を見てまわったわけではないし、ここがたまたま女所帯ということもありうるが……」

二人はしばらく黙りこんだ。ひどく静かだった。不可解なことは多いのに、考える材料は少なく、ろくに物音すらしない。やがて家のまえの道や畑が翳《かげ》りを帯びはじめた。谷間の村落よりさらに夕暮れの訪れが早いようだ。

枠のなかの絵を塗りかえるように、戸口から見える景色がゆっくりと銀灰色に染まっていく。景色が絵のように思えたのは、つくりものめいた静寂のせいかもしれない。

見張りの二人がまた家のなかを覗いて、久忠たちのようすをたしかめた。これまでより入念に見ているな、と思っていると、家に足音が近づいてきた。おたきがだれかと短く言葉を交わして、土間に入ってきた。

「里長が会うそうだ。ついてきな」

おもてに出ると、見知らぬ女がこちらに会釈した。おたきと同年輩でやや背が高く、竹槍は持っていない。女はとりわけ又四郎に愛想よく微笑み、おたきになにか耳打ちすると、さあ、と声をかけて歩きはじめた。おたきのあとに、久忠と又四郎がつづき、しんがりに若い女がついた。

集落はやはり足早な暮色《ぼしょく》に包まれていた。銀灰色から鈍色《にびいろ》に変わっていく家々の屋根を久忠は目を細めて眺めた。先導する女は奥に見える建物をめざしているようだった。その建物はほかの家屋にくらべて倍する大きさで、とくに屋根の高さが際立っていた。

久忠の視線に気づいたのか、又四郎がならびかけてきて、なにか言おうとしたが、しんがりの女が「黙って歩きな!」とすかさず叱咤《しった》を飛ばした。又四郎はびっくり顔をしてみせると、母親に叱られた子供のように首を竦めて引きさがった。

先導の背の高い女は奥の建物の手前の、むしろ小さく古びた家のまえでとまった。

「おかしな真似をするんじゃないよ」

とおたきが釘を刺し、先導の女が戸を開いた。久忠たちはうながされて家に入った。

土間には左右から挟むように竹槍を持った女が控え、奥の板の間に年輩の女が三人坐っていた。飛び抜けて高齢に見える中央の人物が里長かもしれない。その人物が腰を浮かし、両脇の女に支えられて立ちあがった。皺深くしみだらけの手でゆらりと手招きした。

「お待たせしましたな。どうぞおあがりくだされ」

久忠たちはともに佩刀をはずすと、右手に提げて板の間にあがり、ならんで胡坐をかいた。久忠は佩刀を右脇に置き、又四郎もそれに倣った。刀は刃を内向きにして右脇に置くと、一挙動で抜き打つことができない。敵意がないことをかたちで示したのである。

高齢の人物は坐りなおすと、じっと久忠の顔に目を据えた。右目は瞳が白濁し、左目も灰色がかっている。かなり視力が衰えているように見える。

「この里の長、ふくと申します」

と会釈し、両脇の女も無言で辞儀をした。

「伊勢の郷士《ごうし》、愛洲久忠」

「山中又四郎。おれは国者《くにもの》だ」

二人が名乗ると、里長はこんどは深く頭をさげた。

「お二方には、まずお礼を申します。おせいを無事に連れ帰ってくださったこと、まことにありがとうございます」

「いや、そのことは――」

と久忠は言いかけたが、里長はこうべを揺らした。

「礼は無用なんぞとおっしゃりますな。おせいもずいぶん無茶をしたようだし、怪我したその場に捨て置かれても、ここまでの道中で放り出されても、すこしもおかしくなかった。それをこうして、こんな山奥まで辛抱強くおぶってきてくださったのですからな」

「なあに、軽いもんさ」

と又四郎が胸を反らした。

「けれども、それはそれとして、お二方がここにこられたのは、われらにとっては迷惑千万！　このことは、ぜひともご了見いただきます」

里長はどこから出るのかと思うほど太い声を出し、また穏やかな口調でつづけた。

「それと申しますのも、お二方にはすでにお気づきでしょうが、ここは女子だけで暮らす里でしてな。日ごろから男子《おのこ》を寄せつけぬように、たいそう気を配っております。もちろん里の者が男子を連れ込むなんぞはもってのほか。それゆえおせいもお二方を振り切ろうと、あれこれ苦心したわけです」

「なるほど、それはすまぬことをした」と久忠は頭をさげた。「女子だけの里では、そうと事情を話して案内を断ることもできなかったわけだ」

「さよう、そうと知れば、よけいにしつこくつきまとう輩《やから》がおりますからな」

「しかし、われらはそうした意図で来たわけではない」

「存じております」と里長はうなずいた。「おせいが売っていた太刀、あれをこしらえた鍛冶屋にお会いになりたいとか」

「われらの望みは、その一点につきる」

「では、お二方に尋ねますが、あの太刀のどこがさほどにお気に召しましたかな？　道端で売られていた太刀ひとつのために、こんな山奥まで苦労を重ねて訪ねてくるとは、なみなみならぬ熱の入れよう。こう申してはなんですが、女子だけの里と聞いて押しかけてきたと言われたほうが、よほどに合点がいく」

「理由はこの御仁に訊いてくれ。おれはなりゆきでお供をしてきただけだ」

又四郎が久忠のほうに手振りして、あっけらかんと言った。

「では、愛洲様。なぜそれほどまであの太刀に執着し、しかも現物を買うのではなく、鍛冶屋に会いたいといわれるのか。理由をお聞かせ願えますかな」

「よかろう」と久忠は言った。「だがそれを話すには、まずこちらの問いにこたえてもらわねばならん」

「はて、なんでございましょう」

「この里が女子だけで暮らしているなら、市で聞いた野鍛冶の話はでたらめ。そんな男はここにいないことになる。ならば、あの太刀を打ったのはだれか。里長殿はむろんそれを知っているのだろうが、はたしておれはここでその鍛冶屋に会うことができるのかな」

「ふむ」と里長は目を伏せて首をかしげた。しばし考えて小さくうなずいた。「会えますな。この三人が許せば」

「そうか。では、おれもこたえよう」

久忠はそう言って、又四郎にちらと目を配った。又四郎はこの場のだれよりも露骨に好奇心をにじませている。早く聞かせろというように、目まぜを返してきた。

「なぜあの太刀にこころを惹かれたのか。それは、あれがこの世にないはずのもの、とうに滅びた備中《びっちゅう》青江《あおえ》鍛冶の新作に見えたからだ」

「………」

「なんのために鍛冶屋に会いたいか。もし本当に青江の刀工がいまも生きているなら、おれの望みどおりの太刀を打ってもらいたいからだ」

「……」

「どうだ、面会の許しはもらえるか？」

里長は目を伏せたまま黙っている。

又四郎が落ち着かなげに胡坐の膝をさすった。

「どうやらご老体はしばらく思案にときがかかるようだ。おれたちはそのあいだ外に出ていよう。うん、それがいい。外で待たせてもらう」

又四郎はひとりで言って、ひとりでうなずき、久忠に声をかけて立ちあがった。

「動くな！」

土間にいる二人が素早く竹槍を構えた。

「いや、待て」と又四郎が両手を開いてみせた。「このとおり、刀は置いていく。それならかまわんだろう」

開いた両手を胸のまえでぽんと打ち合わせ、女たちに明るく笑いかけると、土間におりて徒手のまま戸口を出ていく。久忠もしかたなく佩刀を残して立ちあがり、いったんおもてに出ることにした。

家のまえには、おたきと若い女のほかに、新顔が二人いた。どちらもがっちりした体軀の持ち主で、齢《とし》は四十前後に見える。迎えにきた背の高い女の姿はなく、久忠と又四郎は竹槍を持った女四人に囲まれて冷ややかな注視を浴びた。

頭上の霧が茜色に染まり、集落は暗い赤紫の残照に包まれていた。又四郎は空を見あげて、大きく伸びをしながらあくびを洩らし、それとなく久忠に肩を寄せてきた。

「貴公、ここにきた理由は、本当にいまの話のとおりか？」

「ああ、話のとおりだ」

「本当にそれだけか？」

「それだけだ」

「なんでまた、それだけのために？　望みの太刀を作りたければ、京にでも美濃《みの》や備前《びぜん》にでも名人上手はごまんといるだろう。青江鍛冶など聞いたことがないぞ」

「まあ、かれこれ百年前に滅んだからな」

「百年前？」又四郎はおうむ返しに言って、慌てて声をひそめた。「いや、さっきも滅びたとかどうとか言っていたが、そんな昔じゃもう生き残りもいないだろう」

「だから、だ」と久忠は言った。「本来なら、新作などこの世にあるはずがない」

「なるほど、それで気になったわけか」と又四郎は腕組みした。「うん、その気持ちはわからんでもないが、しかしまるごと一派が廃《すた》れてしまうぐらいだから、どうせろくなものを作らなかったんだろう。そんな鍛冶屋をわざわざ山奥まで探しにくる値打ちがあるのか？」

「日蓮聖人《にちれんしょうにん》の佩刀、数珠丸《じゅずまる》を知っているか？」

「そりゃ、天下の名剣だ、知らんはずがない。童子切《どうじぎり》や大典太《おおでんた》、鬼丸《おにまる》とならび称されているやつだ」

「そう、その数珠丸を打ったのが、青江鍛冶の恒次《つねつぐ》だ」

「へえ、天下の名剣を？　青江鍛冶が？　どうりで聞いたことがあると思ったんだ」

「おい、まださっきの舌の根が乾いてないぞ」

「はっは」又四郎は笑って、また声をひそめた。「それで貴公は滅びたはずの鍛冶屋を見つけて、数珠丸に負けない太刀を打たせようと目論んでいるわけか」

「………」

久忠は無言でうなずいた。甲斐《かい》の山寺で一度だけ数珠丸を垣間見たことがある。遠目にだったが、ひと目で胸を貫かれた。ここに青江鍛冶の技を受け継ぐ刀工がいて、あの太刀に匹敵するものが打てるなら、是が非でも手に入れたい。

「さて、そちらのご相談は終わりましたかな」

戸口に人影が動いて、里長の声がした。両脇にいた女につきそわれながら、杖をついてゆっくりとおもてに出てくる。久忠のまえにくると、右目を瞑《つむ》り、左目で顔を見あげた。

なにかを覗き込むように、じいっと灰色の瞳で見つめる。

「お二方の身柄についてや、鍛冶屋に引き合わせるかどうかは、明日あらためて相談いたしましょう。とはいえ、これまで例のないこと。おたがいに得心がいくかたちで決着すればよいですな」

里長はそう言うと、こんどは又四郎に目をむけ、にたりと笑った。

「今夜はこのあばら家で休んでいただくが、くれぐれも夜中に出歩かれませぬように。なにせこのあたりは日が暮れると、それは恐ろしいひとつ目一本足の大入道が出ますからな。里にきて早々に踏み潰されては気の毒な」

三

翌朝、久忠は目覚めたときに自分がどこにいるかわからなかった。あまりにも深い眠りからあまりにも静かな朝へと引きもどされたからのようだった。

昨夜は久忠も又四郎も夜のうちに里のようすを探るつもりでいたのだが、夕食を出されたあとは薬を盛られたかと思うほど急激な睡魔に襲われて、二人とも肘を枕に朝まで眠りこけてしまった。戸外には夜通し見張りが立っていたようだが、まったく無用の用心だったのである。

おたきが朝食に菜入りの粥を差し入れにきて、それを食べ終えたころに里長があらわれた。昨日とおなじ二人につきそわれて、おなじ場所に腰を落ち着ける。おたきが朝食を片づけ、土間に見張りが立つと、里長はすぐに話を切り出した。

「こちらの条件は三つ。それをすべて呑むなら、お二方を望みの鍛冶屋に引き合わせ、代価しだいで太刀なり刀なりを打たせましょう」

久忠は思わず身を乗り出した。

「条件とは？」

「まず、この里にいるあいだは、この里のしきたりに従うこと」

「むろんだ」

久忠は言下にうなずき、又四郎も当然だなと同意した。

「ふたつめは、里の女に子種を授けること」と里長は言った。「お二方にはそれぞれ六人ずつ、こちらの決めた女と媾《まぐわ》ってもらいます」

「まぐわう？」

久忠は絶句した。

「さよう、あいにくと女同士では子ができません。里の暮らしを保つには、どこぞで子種を仕入れるしかない」

ちがいますかな？　と里長は平然とした口ぶりで言った。

たしかに昨日目にしたわずかな人数のなかにも、老人から子供までさまざまな年齢の女がいた。ほかの土地から招き入れているのでなければ、必然的に里のなかで代を重ねて生み育てていることになる。これまでそのことに気づく余裕も疑問に思ういとまもなかったが、考えてみれば里長の言うとおりどこかで男と交わるしかないのである。

「この里にも、まれに男が迷い込みます」と里長は言った。「道に迷った旅人や山中を渡り歩く山師や木地師のたぐいですな。それにまたこのあたりの村では、節句や祭りのときにお籠りをすることがある。見ず知らずの男女がお堂に集まって雑魚寝《ざこね》で夜を明かす、あれですな。まあ、ふだんはそうしたおりに子種を仕込むわけですが、お二方のように見目もよく壮健な男子に巡り合うことはめずらしい。昨日は迷惑千万と申しましたが、こうして足を踏み入れてしまったからには、存分に里の役に立ってもらいたいわけです」

「よし、その条件も呑んだ」と又四郎が言った。「六人と言わず、十人でも二十人でもかまわんぞ」

「いやいや」と里長は苦笑した。「さようにいちどきに孕《はら》まされては、里に働き手がおらぬようなってしまいます。種が付かなんだときのことを考えても、せいぜい六人ずつぐらいがよろしかろう」

「ひとつ訊くが」と久忠は言った。「生まれた子が男であればどうなる」

「男子が生まれたときには、ここでは暮らせぬゆえ、乳呑児のあいだに里子に出すなり寺にあずけるなりいたします」

「そうか、うむ……」

「それも里のしきたりのひとつ」と里長は言った。「念のため申しておきますが、だれの子種であれ生まれてきた子は山の神に授けられたものとして育てます。決してあなたがたの子ではない。そのことはくれぐれもお忘れなきように」

さきほどのお籠りの話もそうだが、寺社に祈願の参籠《さんろう》をして子を授かるというのも、つまるところおなじ理屈である。

「わかった。最後の条件を聞こう」

と久忠は言った。

「では、三つめ。ここから北の山内に近ごろ足軽くずれの連中がたむろして、あちこちの村里や街道筋で悪さをしております。この里でも市に出張った者が荷を奪われたり、炭焼き小屋が襲われたりと、それはもう往生しておりましてな。このうえ里まで押しかけられてはたまらんと頭を悩ましていたところに、こうして立派なお武家様方がこられた。ついては、この野盗まがいの連中をお二方に退治してほしいのです」

里長はそう言うと、灰色の目で二人の顔を見くらべた。

「貴公は」と又四郎が振りむいて、久忠の横顔を眺めた。「腕に覚えがありそうだな」

「おぬしはどうだ」と久忠が訊き返した。「ひとを斬ったことはあるか」

「そりゃ、このご時世だから、一度や二度は合戦に出たことがある。しかし自慢じゃないが、手柄を立てたことはない」

応仁元年（一四六七年）、京にはじまり諸国を戦乱に巻き込んだ山名《やまな》家と細川《ほそかわ》家の争いは、足かけ十一年の歳月を経てようやく一昨年、文明九年（一四七七年）に終結した。だが中央から地方へと燃え広がった戦火は、盟主が和睦《わぼく》して天下《てんか》静謐《せいひつ》の祝宴を催したあとも、各地の大名や領主のもとで熱くくすぶりつづけた。

久忠の郷里の伊勢でも、この出雲でも、長年大小の勢力が東西両軍に旗幟《きし》をわけて激しく血を流し、いまもその遺恨を引きずって小競合いを繰り返している。又四郎はしばらく他国暮らしをしていたというが、それがどこにせよこの戦乱と無縁でいられたはずはなく、武家に生まれたからには合戦の経験があって当然と言えた。

「ご老体」と又四郎が里長に目をもどした。「いちおう訊くが、その足軽くずれの連中というのは、何人ぐらいでつるんでいるんだ？」

「ひと月まえに里の者がたしかめたところでは、せいぜい五、六人」と里長は言った。

「まあ、多くて七、八人ですな」

「八人？」又四郎は渋い顔をした。「とすれば、こっちはひとりで四人を受け持つことになる。かりに不意討ちでうまく二人を片づけたとしても、あとは二対一。これは、かなり分が悪いぞ」

「さようですか」

と里長が小首をかしげる。

「ご老体は算術が苦手らしい」と又四郎はいよいよ苦り切って、「教えてやるが、四対一の喧嘩など命知らずのやることだ。まして八対二など、ひとつまちがえば七対一、いや、へたをすれば八対一にもなりかねん。これはもう分が悪すぎる」

「はあ、なるほど」

「それでもまだ立身出世のかかった大合戦《おおいくさ》というなら、命の賭け甲斐もあるが、どこの馬の骨とも知れん鍛冶屋に会って、たかだか太刀を一振注文するだけのために、そんな危ない橋を渡る阿呆がどこにいる？」

「はて」と里長がまた首をかしげた。「どうやら、となりにひとりおいでのようだが」

又四郎は久忠に目をむけ、絶望的な顔色をした。

「貴公、やる気なのか」

「ああ、ここで尻尾は巻けん」

「おれは断るぞ」

「かまわん」

「待て、よく考えろ、はなから八対一になるんだぞ」

「それぐらいの算術はできる」

「死ぬぞ」

「かもしれんな」

「わかった、行く！」又四郎がわめいた。「ああ、行くぞ、行ってやる！」

「無理をするな」

「だれが無理などするか。危なくなったら、貴公をおとりにして逃げてやる」

「それがいい」と久忠は言って、里長に目をむけた。「ただし、この件にはこちらからも条件がある」

「はあ、なんでしょうな」

「里長殿はいましがた、われらが条件を呑めば、鍛冶屋に引き合わせて、代価しだいで刀を打たせると言ったな」

「はい、申しました」

「しかし、こちらには払うべき代価の持ち合わせがない。あるのはこの身ひとつ。そのなけなしの身を賭《と》して野盗を退治にいくのだ。首尾よく果たせば、これを太刀の代価とみなしてもらいたい」

「ふむ、道理ですな」

里長はそう言って、両脇の女に目を配った。二人はともに口を固く引き結び、久忠たちを見据えてうなずいた。

「では、さよういたしましょう。これで話は決まり。あとのこまごましたことは、おたきとおもとから聞いてくだされ」

言いおいて里長は立ちあがり、両脇の女に手助けされて家を出ていった。つづいて土間にいた見張りの女たちも立ち去り、入れ替わりにおたきともうひとり昨日の背の高い女が入ってきた。その女がおもとというのだろう。今日は二人とも竹槍を手にしていない。久忠たちに奥に坐るようすすめると、おもとだけが板の間にあがり、おたきは土間からあいかわらずぞんざいに顎をしゃくった。

「おもとさんが里のしきたりを教えるから、きっちり覚えて、きっちり守るんだよ。あたしはそのあいだにここで寝泊まりができるよう、ひととおり道具を用意してやるから、それもきっちりていねいに使うんだ。いいかい、ここにいるあいだは決して雑なことや荒っぽい真似をするんじゃないよ」

「おう、心得た」と又四郎がふたつ返事で請け合った。「ところで、さっきご老体に訊きそびれたことがあるんだが」

そう言ったが、おたきはさっさと背をむけて戸口を出ていく。又四郎は鼻を膨らませて見送り、おもとのほうに膝をむけなおして、問いかける目つきをした。

「どうぞ、なんなりとお訊きください」

とおもとが言った。この里ではじめて聞く柔らかな艶《つや》をおびた声だった。

「おっ、そうか」又四郎は目をぱちくりさせた。「いやな、さっきこの里にもまれに男が迷い込んでくると聞いたんだが、その連中はくだんのおつとめを果たすとしても、遅かれ早かれ里から出ていくわけだろ？　ところが、おれはこれまでこの里の噂を欠片《かけら》も耳にしたことがない。いったいどうやって口止めしているのか、その方法を知りたいわけだ」

「たしかに、男子のなかにも口の軽い方はいるようですからね」

「いるようどころか、男の口などたいていは羽根みたいに軽いもんだ。とくに女となにしたことを自慢げに吹聴《ふいちょう》するやつの多いこと。だから、ここでの話を聞かないのがふしぎでならん」

「ええ、ええ」とおもとは笑みを浮かべてうなずいた。「けれど、さいわい里から出ていく男子は口が堅い方ばかりのようですよ」

「口が堅い？」又四郎は眉根を寄せた。「待てよ、それなら口の軽い男はこの里から出ていけないわけか」

「どうなんでしょう。まあこういう山深い土地では、道に迷った旅人が行き倒れたり、山師や木地師が行方知れずになるのは、めずらしいことじゃありませんけど」

おもとが言い終えたとき、この瞬間まで静まり返っていた集落にいきなり、カーンと甲高い金属音が響きはじめた。はじめはひとつ。それがふたつ、みっつと増えていき、頭上の厚い霧に弾かれて、地から湧きあがるように、あるいは天から降りそそぐように、四方から、八方から、あらゆる方向から高く鋭く鳴り響いてくる。

「この里は……」

「なんだ……」

同時にこぼれた久忠と又四郎のつぶやきが、打ち寄せる金槌《かなづち》の音に跡形もなくかき消された。

四

「おい、二十人はいるぞ」と又四郎がささやいた。「連中がこのひと月で仲間を増やしたのか、それとも、おれたちがあの婆さんに一杯喰わされたのか」

久忠は小刻みに瞳を動かし、小屋を出入りする野盗に目を走らせた。

「見わけがつくのは、十四人。いまのところ、ほかにひとの気配はないようだ」

二人は雑木が密生する薄暗い斜面から、野盗のねぐらを見おろしている。距離は一町余。足元を湿った朽ち葉《くちば》が覆い、苔のにおいが鼻孔に漂ってくる。久忠たちはそのじっとりとしたにおいに顔を浸すように、地面のぎりぎりまで体勢を低くしている。

「十四人か。それでも聞いていた話の倍だな。どうする、引き返すか？」

又四郎は横目を久忠に流し、振り返っておきちを見やった。

おきちはここまで道案内をしてきた里の娘で、いまは二人のうしろにすこし離れてうずくまっている。年頃は二十歳《はたち》前後。色白の細面の顔に一筋走る額から右頬にかけての傷痕がまだ生々しい。野盗に襲われたとき斬られたのだというが、おきちは右目を失明する深手を負いながら、野盗のあとを追ってこのねぐらを探り当てたのである。

場所は里を囲む山なみから北側に峰を二つ越えた山の中腹あたり。野盗は杉木立のなかの伐採跡に掘立小屋を建てて根城にしていた。おきちは雲南の荘園で開かれた六斎市の帰りに、この山のふもとの谷道で野盗に襲われ、荷物を奪われて森に引きずり込まれかけたが、かろうじて逃げ出したのだという。

「あたしはここに連れてくるだけ。あとは手出しも口出しもするなと言われています」

おきちは又四郎の顔を見返すと、用心深い口調でこたえた。

「なあ、伊勢殿」と又四郎は久忠に目をもどした。「ここはいったん里に引き返して、婆さんに加勢を出せと談判しよう。あそこに二人で斬り込むのは、いくらなんでも無茶がすぎる。わざわざ負け戦をしに行くようなもんだ」

「………」

「ぶっちゃけ、おれはあの婆さんから口の軽い男と思われているはずだ。このうえ約定《やくじょう》まで破ればどんな目に遭わされるかわからんが、それでもまだ好きこのんで犬死にするほど捨て鉢になっちゃいない」

「だがたとえ談判しても、里長は加勢を出さんだろう」と久忠は言った。「おれたちがここで死ねば、おのずと里の秘密は守られる。それはそれでかまわんと思っているはずだ。

いや、むしろそれが狙いでこの条件をつけた節《ふし》さえある」

「なるほど、たしかにおれたちが討ち死にすれば、あとの面倒がはぶける。それで野盗の頭数が二人でも三人でも減れば、もっけのさいわいといったところか」

又四郎が顔を伏せて、なんてこった、とため息をついた。

「おきち」と久忠は振りむいて小声で呼んだ。「尋ねるが、里にはどれぐらい酒がある？」

「お酒ですか？」おきちがちらと考える目つきをして、「みんなふだんは飲まないから、たくさんはないと思います。たぶん神棚にお供えするぶんぐらい」

「そうか」と久忠はにがい顔をした。「やはり八岐大蛇のようなわけにはいかんな」

里の酒を荷駄に仕立てて野盗に奪わせ、酔っ払ったところを退治しようかと考えたのだが、そんなに都合よくはいかないらしい。

「又四郎、ひとまず日暮れまでようすを見よう」

と久忠は言った。又四郎がいぶかしげに眉をひそめた。

「それはかまわんが、ようすを見てどうする？」

「たとえば、野盗どもが四、五人ずつ分かれて出ていくようなら、まず最後に残ったやつらを討ち取り、そのあと小屋の近くで待ち伏せして、帰ってきた連中を順に仕留めていく、という手もある」

「おい、貴公は本気でおれたち二人で十四人を相手にするつもりか」

「ああ、本気だ」

「正気か？」

「さあ、どうかな」

「ああくそ、いっそここで首を括ってやろうか。そのほうが楽に死ねそうだ」又四郎が唸って、やけくそのように振りむいた。「おい、おきち、水をくれ、死に水だ」

「ああ、それなら、いまのうちに腹ごしらえをしておけ」と久忠は言った。「連中の動きしだいで、いつ斬り込むことになるともしれんからな」

「いや、いらん」と又四郎は首を振った。「いまので水も喉を通るかあやしくなった。腹ごしらえなら、海賊殿からさきにすませてくれ」

「わかった。そうしよう」

久忠は小屋から死角になる場所まで後退り、それを見たおきちが、又四郎に水筒、久忠に握り飯の包みを手渡した。

竹皮の包みを開くと、真っ白な握り飯が二つならんでいた。里にきてはじめて出された白米だけの飯である。これで力をつけて盗賊退治に気張れということか、それともじきに冥土《めいど》に旅立つと見込んでの餞別《せんべつ》がわりか、と久忠は苦笑した。すこしずつ齧り取り、擂り潰すように米粒を嚙んで、ゆっくりと腹に納めていった。

二つめの握り飯のひとくちめを吞みくだしたとき、又四郎がにわかに張りつめた声で呼びかけてきた。

「おい、連中が動きだしたぞ」

久忠は握り飯の包みをおきちに返して、這うようにまえに進んだ。

又四郎の言うとおり、野盗の動きが慌ただしくなっていた。小屋から身支度して出てくる者、槍や刀の具合をたしかめる者、仲間にいそがしく声をかけてまわる者、なにかしきりに言い合っている者。やがて頭格《かしらかく》とおぼしき男が槍を突きあげて号令をかけ、ぞろぞろと杉木立のなかに入っていった。

「やはり十四人だな」

野盗の姿が消えた場所を見据えたまま、久忠は静かに言った。

正午が近いのだろう、真上から射し込む日の光が掘立小屋の歪んだ板葺き屋根を照らし、筵がけの戸口のまえでは黒く煤けた焚火跡から細い煙が立ち昇っている。そこから杉木立にかけての草むらにはうっすらと踏み分け道ができていて、野盗はろくに隊伍も組まず雑然とそのあたりを通っていったのだ。

「このまま帰ってこなけりゃいいが」

又四郎がしんみりとつぶやいた。

だがむろん、そうはいかなかった。日が西側の稜線の近くにまで傾いたころ、野盗が帰ってきた。とはいえ、一味全員ではなく、木立から出てきた人影は六人である。そして、そのうちのひとりはうしろ手に縛られて歩いている。

「やつら、ひとを攫《さら》ってきやがったぞ」

又四郎が言った。背後でおきちがびくっと身体を震わせた。自分が襲われたときのことを思い出したのかもしれない。しかし、捕らわれているのは若い女ではなかった。

「男、老人、禿頭《とくとう》、道服、歩きぶりは尋常……」

久忠は目に映るままに特徴を数えあげた。

「身なりからすると、坊主というより茶人か連歌師あたりかな」と又四郎が言った。「どっちにしても、あんな爺さんを攫ってきて、連中はなんのつもりだ」

老人のまえを歩く野盗は衣服の束や頭陀袋《ずだぶくろ》を抱え、べつのひとりは竹竿に括りつけた大ぶりの行李を担いでいる。老人には同伴者か従者がいて、そちらは身ぐるみ剝がれたらしい。状況からして、無事でいるとは考えにくいようだ。

「まずあの五人を始末する。いいな？」

と久忠は言った。

「わかった」又四郎はぎゅっと唇を噛んで、「おれは何人相手すればいい？　二人ぐらいなら、どうにかなると思うが」

「いや、おぬしには背中をあずけたい」

「背中？　どういうことだ」

「おれは目のまえの敵を手当たりしだいに斬っていく。おぬしは背後について、おれのうしろに生きた敵が残らないよう、とどめを刺してくれ」

「それでは、貴公だけが危ない目に遭うぞ」

「おれはそのほうが戦いやすい。おぬしには尻拭いをさせる恰好になるが、どうか頼まれてほしい」

「よし、そういうことなら背中はまかせろ」

と又四郎は力をこめてうなずいた。

「おきち、おまえはここに残って、ことのなりゆきを見きわめろ。万が一、おれたちになにかあれば、そのときはすぐさま逃げて里に知らせること。いいな、よけいなことは考えるなよ。なにがあっても、おまえは生きて里に帰れ」

久忠は言いおいて、斜面をおりはじめた。猿のように背を丸めて、密生する茂みの陰に紛れ込み、足音を殺して進んでいく。やがて周囲が雑木から杉木立に変わり、野盗の小屋がはっきりと見えてきた。距離はもう四半町を切っている。こんどは体勢を起こして、杉の幹から幹へと渡り歩いた。

小屋から物音が聞こえてきた。ぼそぼそと話し声が洩れて、ときおり大きな笑いが響く。久忠は息まで細く殺し、乾いた落ち葉を避けて慎重に足を運んだ。小屋がさらに近づき、戸口の筵のほつれや壁板の節穴まで見えた。その戸口から野盗が二人出てきて、刀を抜いてぼろきれでこすりはじめた。こびりついた血糊《ちのり》を拭っているようだ。

久忠はひび割れた老杉《ろうさん》の幹に身体を添わせて、又四郎を振り返った。

「このさきは間違っても、おれのまえには出るな」

「心得た」

「もうひとつ。死にたくなければ、決して敵に情けをかけるな。瞼《まぶた》一枚、指一本でも動いていたら、かならず息の根をとめろ」

「酷《むご》いな」

「殺すか殺されるか。酷いか酷くないか。選りごのみはできない」

「ああ、知っているさ」

又四郎は暗鬱な笑みを浮かべた。

久忠は素早くつぎの杉の幹に移った。ふと横に目を走らせた。小屋とはべつの方角から、なにか物音がしたように感じたのだ。じっと耳を澄ますと、まだ遠くかすかだが、ひとの話し声が聞こえてくる。野盗の仲間がもどってきたらしい。

何人までなら、このまま斬り込むか。久忠は思案を巡らせつつ、五感のすべてをそばだてた。話し声が思いのほか早く近づいてくる。木立の空気が揺らぎ、落ち葉が勢いよく踏みしだかれる。聞き分けられる声音や足音だけでも、二人や三人ではない。

久忠は振りむき、首を横に振った。

杉の幹に隠れつつ斜面を引き返していると、眼下に野盗の群れがあらわれた。九人。残りの仲間がいっせいに帰ってきたのだ。見るとまえを行く連中は手ぶらだが、うしろの半数ほどは荷物を抱えている。さきほどの老人から奪った金銭で酒や食べ物を仕入れてきたようだ。話し声も笑い声も小屋から聞こえる物音よりはるかに騒がしい。

「連中、酒盛りをはじめるつもりかな」

又四郎が足をとめてささやいた。

「そうらしい」

久忠は目を細めてうなずいた。髭面の男二人が小屋に荷物を運びこみ、べつの男たちは筵を敷いて酒樽や荷物をおろし、さっそくつまみ喰いをはじめている。小屋から鍋を持ち出してきた男が焚火跡に石組みの竈をこしらえ、桶を提げて水汲みに行く男や薪を運んでくる男もいる。

「これは好都合だな」又四郎が拳をさすりながら言った。「連中が酔い潰れてくれたら、こっちは楽に寝首が掻ける」

「そうなればありがたいが、十四人が酔い潰れるには酒が足りないようだ」

「それでも今夜が好機なことにちがいはあるまい。いや、待てよ。いっそ連中をねぐらに閉じこめて火をかけるというのはどうだ。それなら斬り合いをしなくてすむかもしれん」

「おれもその手は考えた」と久忠は言った。「しかし、それではあの老人が巻き添えになる。火攻めでなければ無事にすむとかぎるわけでもないが、助けられるものなら助けてやりたい」

「うーん、たしかに攫われた爺さんの尻にまで火をつけるのは気が引けるな」

「それに暗闇ではなにが起きるかわからん。討ち損じた敵に暗がりからひと突きされたら、こちらはそれでおしまいだ」

「なるほど、これだけ頭数に差があると、夜襲はかえって危ういかもしれんな」

「夜明けまえ、闇が薄れだすころにしよう」

五

夜が更けると冷えた山気が斜面を吹きくだり、いっとき肌を刺す強い風にさらされた。久忠は又四郎と交代で休息した。袂《たもと》に手を差し入れて目を瞑ると、わずかな温《ぬく》もりに身体の芯が包まれ、途切れとぎれに眠りが訪れる。野盗のねぐらの監視には、おきちも加わっていた。みずから申し出たのだ。二人が命懸けで戦うつもりだとわかって、なにか思うところがあったのかもしれない。

山気がひときわ冷たくなるころ、二人はひそやかに斜面をおりはじめた。

掘立小屋のまえの焚火のまわりには、腰掛にする長い丸太がごろごろと三本ばかり転がしてある。野盗はその焚火を囲んで夜中まで酒盛りしていたが、いまは大半が小屋のなかに入り、丸太のわきで鼾《いびき》をかいているのは四人しかいない。

どいつもこいつも酔い潰れてそのまま寝込んでしまったのだが、妙に息の合ったやつらで、こっちの鼾が静かになると、あっちの鼾がうるさくなり、かと思うと、四人が鼻息を合わせてがあがあいう。

そのなかのひとりがぼりぼりと尻を搔いて寝返りを打ち、しばらくしてまた寝返りを打つと、のっそりと起きあがった。あたりに漂いはじめた淡い明るみを頼りに、千鳥足で杉木立のきわまでくると、着物のまえをはだけていちもつを出す。じゃあじゃあとやり終えて、ぶるりと肩を震わせ、あくびしながら木立に背をむける。

久忠はその男の首を横一閃《いっせん》に刎《は》ね飛ばした。又四郎が倒れる男の肩をつかみとめて、音を立てないように地面に横たえる。首のない男の身体から血がだくだくと流れた。

久忠は静かに焚火跡に近づくと、右側の丸太のわきで大の字になっている男の喉元に太刀の切先を添え、うなじまでいっきに貫いた。一瞬、男がぶるっと震えて、すぐに脱力した。となりの丸太のむこうでは、太鼓腹の男が肘枕で横をむいて寝ている。久忠は背中の側から近づき、さっと切先を走らせて、首筋を骨まで断ち斬った。男の頭が肘のうえでがくんと横にずれ、膨らみかけた太鼓腹の動きがとまった。

残りの男が一番うるさく鼾をかいていた。片手を丸太にかけ、片手を股座《またぐら》にやり、大口を開けて眠りこけている。久忠はそっと歩み寄り、また喉笛を切先で貫いた。

「ガガッ！」

最後の鼾が大きく響き、ぴんと撥ねあがった手足がどさりと地面に落ちる。

小屋のなかでひとの気配が動いた。物音を聞きつけたのか、あるいは唐突に鼾がやんで不審に思ったのかもしれない。

「おい、どうかしたか」

と戸口から髭面の男が顔を覗かせた。久忠は素早く詰め寄り、その顔を斜めに斬った。左こめかみから右耳のしたまで顔面がざっくりと裂けて、まえのめりに倒れてきた男の襟首をつかんで戸口から引きずり出し、入れ違いに小屋に踏み込んだ。

足元で寝ていた若い男が寝ぼけまなこでこちらを見あげた。久忠はその右目に深く切先を突き立てた。すぐに退いて戸口を出ると、わきの板壁に身体を添わせた。おもての薄明りに慣れた目には、屋内の闇が予期した以上に分厚かったのだ。

「どうした――なにごとだ？――おい、起きろ――ようすがおかしいぞ！」

小屋のなかの動きが慌ただしくなり、いきなり戸口から押っ取り刀で男が飛び出してきた。久忠がすかさず首筋を一閃すると、男はそのまま二、三歩進んで丸太につまずき、焚火跡のうえに倒れ込んだ。石組みの竈が崩れて、もうもうと灰が舞いあがった。久忠はふたたび板壁に身体を添わせた。

「やっ！」という気合とともに、つぎに戸口から飛び出てきたのは槍の穂先だった。鋭い突きだが、そこにはだれもいない。久忠はわきから千段巻《せんだんまき》の部分をつかんで、ぐっと小屋のなかに押しもどした。なかの男が反射的に槍を突き返す。その勢いを利用して男を外に引っ張り出すなり、首筋から背中を袈裟懸《けさが》けに斬った。

久忠は振りむきざま、戸口の奥で凝然と立ちつくす男の左胸に刺突《しとつ》を入れた。男が目を見開き、心臓を押さえて膝をつく。その身体が横に弾き倒された。うしろから頭格の男が槍の物打《ものうち》で払いのけたのだ。

頭格の男はそのまま小刻みに突きを繰り返しながら、じりじりと戸口からにじり出てくる。久忠は左に退くと、太刀を片手で構えて、大きく胸を開き、敵の踏み込みを待った。

頭格の男は警戒して、すぐには動かなかった。だが久忠の退路が死体で塞がれていると気づいた瞬間、猛然と突きかかってきた。むろん久忠は退かない。半身《はんみ》に体勢を変えながら素早く踏み込んで刺突をかわすと、敵が槍をたぐりもどそうとする、その右手首を斬り落とした。

「うおっ！」

激しく呻く頭格の男の頸部《けいぶ》を、退き足を遣いながら斬り裂いて、即座に戸口に目を走らせる。目の隅に人影が映ったのだ。だがすぐには出てこない。怯《ひる》んだか。そう思った直後に荒々しい物音がして、戸枠を周囲の壁板ごと蹴り破り、四人がなだれを打って出てきた。

久忠は足元の槍を拾いあげ、四人の中央に投げ込んだ。そして、そのまま中央に斬り込むと見せて、右端の男のほとんど鼻先まで大きく跳び、頭を兜割《かぶとわり》に斬りおろしながら着地した。と同時に、身体をひるがえして、男の身体の陰から切先を走らせ、となりの髭面の男の脇腹を抉《えぐ》った。左側の二人が槍で突きかかってくると、こんどは髭面の男を盾にして刺突をかわす。

髭面の男は片手で脇腹の傷口を押さえ、身体をよじりながら、もう片方の手で久忠に斬りつけようとした。久忠はその傷口に肘打ちを喰らわせ、悶絶する髭面の男を突き飛ばすと、いっきに左側の二人に間合いを詰めて、ひとりを袈裟懸けに斬りおろし、返す刀でもうひとりの顎を真下から斬りあげた。

髭面の男はよろめいて焚火跡のわきまでいき、そこで又四郎にとどめを刺された。

久忠はあたりを見まわし、かすかに開いた口から細く長い息をついた。もう一度じっくりと周囲をたしかめて、又四郎に声をかけた。

「無事か」

「お、おう」

又四郎は蒼白の顔を返り血で赤く染めていた。

「無事だ」と口元を引きつらせた。「たいして出番もなかった」

実際、ほぼ全員が即死だった。

「討ち洩らしはないか」

「ここに十二人。なかで二人死んでいるなら、皆殺しだ」

あんた、鬼神の生まれ変わりか、と言いかけて、又四郎は口をつぐんだ。

「よし、なかのようすをたしかめよう。あの老人も無事ならいいが」

久忠は太刀を拭って鞘に納めた。血がついていたのは、切先からおおむね五寸。あくまで感覚的にだが、まだ深く斬りすぎている気がする。

「油断するなよ」

久忠は壊れた戸口を覗いて、用心深く小屋に入った。

「むろんだ」又四郎は抜き身を提げたままあとにつづいた。「せっかく無傷で乗り切ったんだ。ここまできたら蚊にも刺されてたまるか」

空がうっすらと白みはじめ、小屋のなかもいくらか見通しがきく。又四郎は戸口をくぐると、念のために死体をあらためた。両手で胸を押さえて倒れている男と右目を刺し貫かれている男。どちらも最後に見たものが信じられないという表情をしている。なまぐさい血と汗のにおいとともに、わずかに残る体温が鼻先まで伝わってくる。一瞬、又四郎は自分まで生死の境を越えて対岸に引き込まれてしまいそうな気がした。逃げるように死体から目をあげると、急ぎ足で奥に進んだ。

地べたに筵を敷いただけの床には、酒徳利や盃が転がり、食べ残した肴、なにかの札や賽ころ、ぼろきれや半端な荒縄などが散乱していた。一方の壁際には古着が山と積まれ、そのわきには葛籠《つづら》や行李、革や布の袋類、笠や蓑、履物のたぐいなどがべつの山をつくっている。もう一方の壁際には口を開いた米や塩の俵、鍋釜や瀬戸物などがとくに仕分けもされずに置かれ、金目のものは奥の壁際の一段高くしつらえた場所に集めてある。

頭格の寝床とおぼしきその段の手前に、老人は横倒しに転がされていた。騒ぎに気づいて目覚めてはいるが、手足を縛られて起きあがれないらしい。

「ご老体、大事ないか」

久忠が足早に近づいて、荒縄をほどきながら手足のようすをたしかめた。

「あなたがた、助けてくださるのか」

老人が探るように、久忠と又四郎の顔を見くらべた。

「ああ、驚かせただろうが、おれたちは野盗の片割れではない。仔細あって、この連中を退治にきたのだ」

「そう、そうですか……」老人はようやく息をついて手首をさすった。縛られていた跡が縄模様に痣《あざ》になっている。「おかげさまで、命拾いをしました」

「だいぶ手荒くあつかわれたようだが、どこか怪我はしていないか」

「さいわい、大事はないようです」

老人は坐りなおすと、深々と頭をさげ、あらためて二人に礼を言った。齢は六十に届いているだろう。だが身ごなしはかくしゃくとして、声音も意外なほど落ち着いている。

「よく見ると、おれたちも凄まじい恰好をしているな」

又四郎が刀を腰に納め、袖口で顔の返り血を拭った。

「たしかにな」と久忠もうなずいて、「これでは野盗より物騒に見えたのではないか」

「いえ、さようなことは」と老人は首を振り、「ところで、仔細と言われるのは？」

「ああ、それは話しはじめると長くなる」

と久忠が言うと、又四郎がわきから口を挟んだ。

「とにかく、なんだかんだでさんざん山歩きをした挙句、ただ働き同然で野盗退治をするはめになったんだ」

「ほう、それはまた災難つづきでしたな」

「いや、まあおかげでこうして人助けができたわけだから、あながち悪い巡り合わせでもなかったんだろう」

「まことにありがとうございます」

老人がまたていねいに頭をさげた。

「礼はそれぐらいにしてくれ。おれはご老体を火攻めにしかけたから、あんまり感謝されると気が引ける」と又四郎は軽口を言って、久忠に声をかけた。「そろそろ引き揚げないか。どうもここにいると息が詰まってかなわん」

もともと小屋のなかには汗臭さや小便臭さ、古着や古道具の山のにおい、饐《す》えた食べ物が放つ異臭、黴の生えた藁や革のにおいなどがまじって、どぶの底のように濁った空気がこもっているのだが、いまはそこに大量の血のにおいまで流れ込んでくるのだ。

「そうだな」久忠はうなずいて、老人に訊いた。「ご老体、歩けそうか」

「はい、支障ございません」

老人は膝をさすってうなずいた。

「荷物は？」と訊きかけて、久忠はふと眉をひそめた。「そういえば、ご老体には道連れがいたのではないか」

「さよう」老人はうつむいて、こうべを左右に揺らした。「知人が送りの者をつけてくれたのですが、哀れなことをいたしました。こんなことになるなら、ひとりで道中すればよかった」

「それは気の毒をしたな。しかし、ご老体の罪ではない」

と久忠は言った。又四郎もうなずいて、盗品の山のほうに手振りした。

「どうだ、無事な荷物はありそうか。連中、金子《きんす》は遣い果たしたかもしれんが、道具類まで売り払うひまはなかったろう」

「わたしは矢立《やたて》とあの行李の中身があれば、ほかはかまいません」

「そうか。では、行李はおれが運ぼう」久忠は立ちあがって、「名乗っておこう。おれは、愛洲久忠」

「別名、伊勢の海賊殿だ」

と又四郎が また口を挟んだ。

「ほう、海賊殿がこんな山奥に」と老人は久忠を見あげ、その目を又四郎に移した。「して、こなたさまは?」

「おれは山中又四郎。いや、いまなら里中かな」と又四郎は言った。「それで、ご老体は?」

「これは申し遅れました。わたしは雪舟《せっしゅう》と申します」

青江鍛冶
あお
え
か
じ

一

　里長はいつもの場所に腰をおろすと、しばらく黙って二人の顔を眺めた。あいかわらずなにかを覗き込むように、すぼめた灰色の目のふちに深い皺を集めている。

「おきちに聞いたところでは、たいそうな立ちまわりであったとか。いやはや、ご無事でなにより。おかげさまで、今夜からみなが枕を高くして眠れます。里の者になりかわり、お礼を申しあげましょう」

　さして感謝するふうもなく、かたちばかり頭をさげると、そのまま露骨な視線を二人の下半身にむけた。舌舐めずりするように口をうごめかし、にたりと笑った。

「お二方の種であれば、さぞや丈夫な子が生まれましょうな。ふむ、じつにありがたい。

いまから楽しみでなりません」

久忠も又四郎もさすがに胡坐の膝をよじり、股間に隙間風が吹き抜けたようなうそ寒い顔をした。

里長はふっと息をついて、真顔にもどった。

「いまひとをやって野盗のねぐらをあらためさせております。うまくすれば奪われた品もいくらかは取りもどせましょう。これもお二方のおかげですな」

「取りもどすどころか、たっぷり余禄があるはずさ」又四郎は皮肉な口ぶりをした。「疫病神あつかいしていたら、福の神に化けたわけだ」

里長はそれに取り合わず、久忠に小さくうなずきかけた。

「さて、子種はおいおい仕込んでもらうとして、まずはいっとう難儀な条件を見事に果たされた。約束どおり代価を払ったものとみなして、刀鍛冶にお引き合わせしましょう」そう言うと、左わきに坐る女を手で示して、「これなるが里の刀鍛冶の束ね役。あとのことは、どうぞこの者とご相談くだされ」

久忠は思わず膝のうえで拳を握った。

「では、これで」と里長が立ちあがり、「さてさて、あちらはどうなるか……」とつぶやいて、もうひとりの女に支えられながら家を出ていった。

ひとり残った女が居住まいをあらためて会釈した。

「刀鍛冶の差配をつとめる、さだにございます」

「よろしく頼む」

久忠も威儀を正した。又四郎は会釈を返すと、早くも好奇心に目を輝かせている。

「お疲れでしょうから、さっそくにご相談いたしましょう」とおさだが言った。「まずお尋ねしますが、愛洲様がお会いになりたいのは、横田の六斎市で売りに出していた太刀を打った者ですか。それともこの里でもっとも腕のよい刀鍛冶ですか」

「いや、待ってくれ」と久忠は手をあげて制した。「それにこたえるまえに、こちらにもまず訊きたいことがある」

「なんでしょう」

「おぬしらの流儀についてだ。おれは横田で見た太刀を備中青江の流れを汲むものと考えているが、里長殿はそのことに関して当否を口にしなかった。はたして事実はどうなのか。それを知らねば、だれに会いたいとこたえようもないのだ」

「なるほど、承知しました」とおさだはうなずいた。「ご慧眼《けいがん》のとおり、あの太刀の作者もふくめて、この里の刀鍛冶はみな備中青江の流儀を受け継いでおります。だれにお会いになろうと、そのことは変わりません」

「しかし、青江鍛冶は滅んだと言われて久しいはず」

「それについては、里の成り立ちにかかわること。いささか長い話になります。つぎの機会がよろしいのでは？」

「かまわん」久忠は身を乗り出した。「ぜひともいま聞かせてもらいたい」

おさだはわずかに困惑の色を浮かべたが、思い直したように表情を引き締めた。

「わかりました。では、里に伝わる話をお聞かせしましょう」

さかのぼることおよそ三百年。京の都で平家が権勢をふるっていたころ、備中の高梁川《たかはしがわ》の下流、青江の地に居を定めた刀鍛冶がいた。

安次《やすつぐ》とその子の守次《もりつぐ》。青江鍛冶はかれらを祖とするという。

青江の刀工たちは一派としての規模こそ劣るものの、技倆では隣国備前の刀工とならび称された。京の後鳥羽《ごとば》上皇に召されて、ともに月番で鍛刀《たんとう》を受け持ったほどである。

作風は古いものほど細身で優雅。刃文は直線を基調とし、ひと目でそれとわかるほど手元で反りが深い。時代がくだり武士の台頭する世になると、その姿はしぜんと力強さを増して、身幅や反り、刃文にも変化があらわれ、古雅《こが》を受け継ぐ流れと、豪壮な武士好みの流れにわかれた。久忠が横田八幡宮の市で見たのは、この後者の作風の太刀だった。

やがて鎌倉の幕府が倒され、天下を南北に分断する乱世がくると、作風はいっそう頑強で実戦に即したものとなったが、青江鍛冶はそこから急激に衰退した。青江の地を領する豪族が南朝方に与《くみ》したために、刀工たちの身にも避けがたく敗残の戦禍が降りかかったのである。

「そのころ、たくさんの刀工が領主に従い合戦に参陣しました。そして、つぎつぎに命を落としたそうです」

太刀も打刀も斬り合えば刃《は》毀《こぼ》れするし、使い方しだいでは折れも曲がりもする。刀工たちは陣所《じんしょ》に鍛冶道具を持参して、傷んだ太刀や打刀を修繕した。ときには使い物にならない刀剣を材料にその場で新たに刀を打ったが、そうした刀は鋼《はがね》から鍛えたものとは異なる特殊な模様が刀身にあらわれた。

「領主は負け戦を繰り返し、青江の刀工は減りつづけました。そして、ついには足利《あしかが》方の手勢が青江の地まで押し寄せたのです。村に残っていた男は槌を放り出して逃げていき、地獄絵のような乱取りがおこなわれたあと、村は焼き払われたといいます」

乱取りとは、戦場でおこなわれる集団的な略奪行為である。敵地に侵入した軍勢は、民家を襲って家財を奪い、住人を攫い、田畑の作物を荒らし、そのうえで火を放って村を焼きつくす。青江でも逃げ遅れた女子供は、雑兵《ぞうひょう》の群れに嬲《なぶ》られ犯され攫われた。

だが雑兵に連れ去られた女たちは、人買いに売られるまぎわにかろうじて逃げ出した。

その数は二十人とも二十五人ともいうが、無事に逃げ切ったのは九人だけだった。備中から備後への山なみを、九人は奥へ奥へと逃げ込んだ。飢えと疲れでひとり二人と動けなくなっても、死ぬときは九人一緒と決めて助け合い、半歩でも戦火から遠ざかろうと歯を喰い縛って足を進めた。

金銀の鉱脈を探す山師と出会ったのは、九人がどこともしれない深い谷川のふちで身動きが取れなくなっていたときだった。山師は持っていた食料を九人にわけあたえ、山奥に逃げてきた事情を聞いた。しばらく思い迷ったすえに、近くに知り合いのたたら場があるから、そこで匿《かくま》ってもらえるように頼んでやろうと言った。

九人はおおいに喜び感謝して、山師のあとについて険しい道を踏んだ。残る力のすべてを振り絞り、半日かかって目的の場所にたどり着いた。だがそこはたたら場とは名ばかりの、あぶれ者の吹き溜まりだった。

山師は九人を助けたのではなかった。騙して下人として売り払ったのだ。たたら場には男の下人もいた。下人とは、つまり奴婢《ぬひ》である。かれらは残飯を食べて泥水を啜《すす》るような暮らしを強いられていたが、九人にはさらに過酷な生活が待っていた。男の下人とおなじだけ働かされたうえに、あぶれ者たちの身のまわりの世話、そして夜の相手まで強いられたのだ。

しばらくしてわかったことだが、あぶれ者たちはくだんの山師と組んでこのたたら場を乗っ取り、もとからいた職人の半分を下人としてこき使っていた。残りの半分は下人の頭数を減らすために、見せしめをかねて嬲り殺しにしたのだという。

やがてあぶれ者たちはしきたりにもかまわず、九人にたたら場の仕事まで手伝わせはじめた。流行病《はやりやまい》があぶれ者たちのあいだで広まり、人手が足りなくなったのだ。あぶれ者たちは反抗を警戒して、一度に三人以上は男の下人をたたら場に入れなかった。

だが流行病の猛威はおさまらず、あぶれ者たちもしだいに頭数を減らしていった。山師に頼んで仲間を増やそうとしたようだが、病気を恐れてだれもこなかった。そしてある日、下人の男たちが決起してたたら場を奪い返した。

あぶれ者たちはひとり残らず打ち殺され、たたら場はもとの姿にもどった。九人もこれですこしは暮らしがましになると思ったが、なにも変わらなかった。これまでどおり下人として働き、男たちの世話と夜の相手を強いられる。そのうえなにか男たちによくないことが起きると、女がたたら場に足を入れたからだと折檻まで受けた。

実際、流行病はたたら場にもどった男たちにも、つぎつぎに襲いかかった。そして重病人や死人が出るたびに、九人は激しい折檻を受けた。だが結局、最後まで生き残ったのは、九人の女たちだけだった。もちろん流行病にはだれも罹《かか》っていなかった。生き残った女たちだけでなく、死んだ男たちもである。九人は男だけが口に入れる白米や酒にすこしずつ毒を盛っていたのだ。

遅かれ早かれくだんの山師が仲間を連れてくるものと考えて、九人はたたら場を去ることにした。食料や道具類など担げるだけのものを担いで出立すると、安住の地を求めて七日七晩山中をさまよった。そして八日目の朝、目覚めた九人は頭上に空ではなく、丸くすっぽりと立ちこめる真っ白な雲を見たのである。

そこは昨夕、濃い霧を抜けて迷い込んだ擂鉢状の窪地だった。だがその霧は夜半にはきれいに晴れて、九人は星空を眺めて静かに眠りについたのだ。

「それがこの場所であることはもうおわかりですね」とおさだは言った。「九人はここにとどまり世間から隠れて暮らすと決めました。そう、二度と男には煩わされず、女だけで平穏に暮らしていくと決めたのです」

では、どうやってこの箱庭のような土地で暮らしていくか。九人は知恵を絞って議論した。四方の山肌は樹木に覆われ、足元には小川が流れているから、火と水には困らない。土の質もそれほど悪くないようだが、窪地の底をまるごと耕しても、九人を養えるほどの収穫は見込めそうにない。

そこで九人はまず鉄づくりを考えた。たたら場では吹いた鉄を売って暮らしに必要なものをすべて賄《まかな》っていた。製鉄の仕組みは辛苦に耐えながら学んでいたし、立ち去るまえにはたたらや鞴《ふいご》を打ち壊して構造もたしかめた。ここで大量の鉄を生産することは無理でも、農作と兼業すれば暮らしていけるのではないか。

いや、それなら吹いた鉄をそのまま売るより、鍋釜や農具のかたちにしたほうが高く売れるだろう、というのがつぎに出た意見だった。鍛冶の技術でいえば、九人ともになまかな野鍛冶などには決して引けを取らない自信があった。とはいえ、鍛冶をするなら鍋釜や鋤鍬だけではつまらない。

「それならいっそ青江鍛冶の名に恥じない太刀を打とう。おしまいには、そういう話になったそうです。逃げた男どもが放り出した槌を、わたしたちが拾って青江の技を守っていこうじゃないかと」

話が決まり、九人は三人ずつ三組にわかれて職分を定めた。製鉄を受け持つたたら組、鍛冶を受け持つ鍛冶組、その両者に必要な砂鉄と炭を調達する山方組。もちろん三組がおたがいに助け合い、職分による上下の差別がないことは言うまでもない。

九人は力を合わせて家を建て、すこしずつ田畑を耕していき、悪戦苦闘のすえにたたらを完成させ、精魂込めて鍛冶道具をつくり、着実に暮らしの基礎を固めていった。

「そしておよそ百年、いまもこうして里はつづいています」とおさだは言った。「三組の差配はそれぞれ組内の互選でえらび、里長には差配のなかの最年長者が就くのが決まり。もっとも、いまの里長のおふくさまはたたら組の差配を三十年余りもつとめる、この里の主のような方ですが」

久忠は深く腕組みして、ときおりうなずきながら話を聞いていた。

「なるほど、よくわかった。めずらしい話を聞かせてもらった」

「まあ、いまとなってはどこまでが真実かはわかりませんが、ここにわたしたちが女だけで暮らしているのはたしかです」

おさだが浅く笑みを浮かべた。

「差配殿」と久忠は言った。「悪いが、いまの話にひとつ腑に落ちないことがある。訊いてもかまわんかな」

「はい、おこたえできることなら」

「三組にわかれた女たちのことだ。砂鉄集めや炭焼きは心得のある者がいたかもしれんし、たたらについては実地に学んだという。しかし、いかに青江の住人であろうと、女が見よう見まねで太刀を打てるものではあるまい」

「ああ、そのことですか」とおさだは笑みを大きくした。「ほかの国のことはわかりませんが、そのころ備中では女も鍛冶の仕事を手伝っていたそうです。とくに合戦がつづくと、注文は山のようにくるのに、肝心の刀工が陣所に駆り出されて人手が足りない。それでひと束いくらの数打物《かずうちもの》などは、しまいには女にまかせきりになっていたと。まあ、亭主がてんてこまいしているときに、女房や娘が遊んでいるわけにもいきませんからね」

「では、なかにはかなりの腕前の女もいたわけか」

「鍛冶組のひとりは、男に負けない腕を持っていたと言われています。ただし、村にいたころには女というだけでいっさい技をみとめられず、銘を切るなどもってのほかだったそうですが」

「ふむ……」

「愛洲様は横田で見た太刀を、これは女が打ったものだとわかりましたか」

「いや、それはない」

「もちろん、そうでしょう。太刀を見て、女が打ったか男が打ったかなどわかるはずがありません。太刀を見て目に映るのは、男女の別ではなく、出来のよしあし。どんな目利きでも、わかるのは刀工の技倆だけです。そして太刀の値打ちを決めるのは、出来のよしあしをおいてほかにないはず。だのに、男というのは……」

「しかし、なあ」と又四郎が言った。「女が打った太刀を使うと、なにかこう、よくないことが起きそうな気がするな」

「と、言われますと？」

「聞いたところじゃ、たたらや鍛冶の神様は女で、おなじ女を嫌うそうじゃないか。だから、仕事場には女が入っちゃならんと。とすれば、女の吹いた鉄で女の打った太刀なんて、これはかなり罰当たりな気がするぞ」

「金屋子《かなやご》の神様が女を嫌うなんて、男のたわごとです。この里では、だれもそんなことを信じてはいません」

「たわごと？」と又四郎は目を丸くして、「そのひと言で片づけていいのか」

「では、訊きますが」とおさだは又四郎に膝をむけた。「たとえば山中様が女神だったとして、美しくて優しい神様だと信じている女と、醜女《しこめ》だから女に焼きもちを焼くなんて言っている男と、どちらに罰を当てますか」

「いや、そう言われると困るが……」

「女の神様が女に嫉妬するなら、男の神様は男に嫉妬するのが道理。けれど、それではどこもかしこも男子禁制になってしまう。自分に都合が悪いことは知らんふりして、相手にだけあれをするなこれをするなと指図する。これをたわごとと言わないで、なんと言うんです？」

「………」

又四郎は口を尖らせて黙りこんだ。

「あら、ずいぶん遅くなってしまいました」おさだが息をついて、おもてに目をむけた。

「愛洲様、お訊きになりたいことはもうありませんか」

「かたじけない、話はよくわかった。いかい造作をかけた」

「では、あらためてお尋ねします。お二方がお会いになりたいのは、どのような刀鍛冶でしょう。横田でご覧になられた太刀を打った者か、あるいはその余の者がよいのか」

「この里でもっとも技倆秀でた刀鍛冶に会いたい」

と久忠はこたえた。

「そうだなあ」と又四郎は首をひねった。「じゃあ、おれはいちばん未熟な鍛冶屋に引き合わせてもらおうか」

おさだが眉をひそめて、じろりと又四郎を睨んだ。

「いいでしょう、それがお望みなら」とうなずいた。「では、明日、お二方にご所望の刀工をお引き合わせします」

おさだが立ち去ったあと、久忠と又四郎はとくに言い合わせるでもなく、そろってぶらりとおもてに出た。

二

世間から里を覆い隠す白く分厚い霧は、おさだの話にもあったように、日暮れとともにしだいに薄れて、夜半には星空が覗くこともある。このため里では外界に光が洩れないよう、夜間は家の内外を問わず灯をともすことが禁じられている。二人も日没後は真っ暗な家でじっとしているしかなく、身体を動かすならいまのうちなのだ。

黄昏色にくすみはじめた青菜の畑を見渡して、又四郎が嘆息した。

「いやあ、ながい一日だった。野盗を退治したのが、もうずいぶんまえみたいに思えるが、よくよく思い返してみると、まだ今朝のことなんだからな」

「まったくだ」と久忠も息をついた。「こうしてのどかな景色を眺めていると、朝の出来事が嘘のように思える」

しばらく畑のわきの道を歩いて小川の岸辺に立った。足元からサワガニが逃げていき、ぽちゃんと飛び込んだ水面の底に小さな魚が泳ぎまわっている。

「で、どういうつもりだ？」久忠は振りむいて訊いた。「未熟な刀工を選んだのは、どうせ女の打った太刀など使いはしない、と言いたかったのか」

又四郎はまばたきして、ああ、そうか、と顔をしかめた。

「あの話の流れからすると、そう思われるだろうな。だから、あのとき差配の小母《おば》さんにじろっとやられたわけだ」

「では、そういう意図ではないと？」

「ああは言ったが、おれはそんなに迷信深いわけでも旧弊なたちでもないぞ。ただ里の者があのての慣わしや決まりごとについて、どう思っているのか気になったから訊いてみただけさ」

「すると、刀工選びにはべつに理由があるのだな」

「いや、理由というほどたいそうなものでもないが」と又四郎は困り顔で笑って、腰の刀をぽんと叩いた。「貴公とちがって、おれは鍛冶屋に会っても、これという目当てがない。このとおり、刀は数打物で十分だ。だから貴公が腕達者に名刀を打たせるなら、おれは未熟者に数打物を打たせて、どれぐらい出来がちがうか見くらべるのも面白かろうと、まあそんなことを思ったわけさ」

「おい、又四郎」久忠はじっと目を見つめた。「おれについてきたのも面白いことがありそうだからと言っていたが、おぬしはものごとを面白いか面白くないかで決めるのか」

「そう言われると、なんだか馬鹿みたいだな。ともあれ、一度きりの生涯、面白く駆け抜けてやろうとは思っている」

又四郎はにっと歯を見せて笑い、また対岸の田圃から菜畑にかけて見渡した。

「おっ、あれは雪舟殿か。どうやら無事に取り調べがすんだらしい」

久忠も又四郎の視線を追って、田圃のむこうの家から出てくる人影を見つけた。

雪舟等楊《とうよう》。久忠でも名を知っている、当代の画聖と呼ばれる人物である。

野盗のねぐらから引き揚げてくる道すがらに聞いたところ、雪舟は石見から京にむかう旅路でこの災難に見舞われたという。

石見に益田《ますだ》兼堯《かねたか》という豪族がいる。雪舟はこの人物に招かれて、しばらく七尾山《ななおやま》の城館に滞在していた。兼堯は周防《すおう》の大内《おおうち》氏と絆が強く、その縁で雪舟と懇意になったらしい。

今回の訪問で雪舟は兼堯の肖像画や石見の風物を描き、城下の寺院に庭を築くなどしていたが、ついさきごろ畿内《きない》をめざして旅立った。そして途中、出雲の鬼の舌震《したぶるい》という奇勝に立ち寄ろうとして、野盗に襲われたのだ。

まさか山中に置き去りにはできないから、久忠はおきちに頼んで雪舟を里まで連れてきた。さいわい、そのことでおきちが咎められたり、久忠たちが責められることはなかったが、雪舟も見たところ首尾よく解放されたようだ。

二人がそちらに歩いていくと、雪舟も気づいて歩み寄ってきた。遠くからでもわかるほど満面に笑みをたたえている。

久忠は手をあげて呼びかけた。

「やあ、どうやら一段落されたようですな」

「はい、おかげさまで」

近づいて見なおしても、雪舟はさほど疲れたようすはなく、災難をくぐり抜けてきたばかりとは思えない、落ち着いた柔和な表情を浮かべている。

「われらがきたときは、竹槍で出迎えられたが、雪舟殿は手荒にあつかわれたり、理不尽な注文をつけられはしませんでしたか」

「いいえ、いたって丁重にあつかわれました。山賊に捕まっていたときにくらべれば、それこそ地獄と極楽のちがい。取り調べのあいだ見張りがいるにはいましたが、こんな年寄りに竹槍を突きつけたら卒倒しかねないと思ったのかもしれませんな」

「そりゃよかった」と又四郎が言った。「まあ、雪舟殿の名を聞けば、みだりなことはしまいと思っていたが」

「それにしても、じつに稀有な土地ですな」雪舟はほれぼれと四方を見まわした。「桃源郷とは、まさしくこういう里であったにちがいない」

「雪舟殿はこの里の由来を聞かれましたか?」と久忠は訊いた。「それも景色に劣らずふしぎな話でしたが」

「いえ、まだ詳しくは。里長殿がおいおい聞かせてくれるそうです」雪舟はそう言うと、二人に微笑んだ。「お二人には、この身を救われたうえ、こんなめずらしい場所にまで連れてきていただいた。ご恩は生涯忘れますまい」

「いやあ、どうかな」と又四郎が首筋をさすった。「連れてきてよかったのか、正直、かなりあやしい気がする」

「ああ、こんなところにいた!」

突然、雷鳴のような声がとどろいた。振りむくと、おたきが肩を怒らせ鼻息を荒くして近づいてくる。

あばら家に生活用具をととのえたあとも、おたきはおもとと二人で世話係をしていた。といっても、朝夕に粗末な食事を出すだけだが、それでも二人のおかげで久忠たちは飢え死にせずにすんでいる。

「あんたら、日が暮れるまえに家にもどらないと、夕飯を喰いっぱぐれるよ」とおたきが言った。「こっちは暗くなるまえに片づけなきゃならないことが山のようにあるんだ。穀《ご》潰《つぶ》しにかまってるひまはないんだから、さっさとしとくれ」

「ああ、わかった」久忠は顔をしかめた。「それで、食事は雪舟殿もご一緒か」

「いいや、そっちのお坊さんは里長と一緒に食べるって聞いてるよ」

「里長と？」

久忠と又四郎が同時に雪舟に目をむけた。

「はい」と雪舟がうなずいた。「わたしはしばらくおふく殿の家にご厄介になります」

「まさか、あの婆さんに種付けを？」

と又四郎が眉を引きつらせた。

「種付け？」と雪舟は怪訝《けげん》な顔をした。だがふと悟った目の色になり、「なるほど、そうですか、お二人はそういう注文をつけられて。しかし、わたしは出家の身ですからな。おふく殿もそこまで無理難題は言われますまい」

「さあさあ、無駄口をきいてないで行くよ」とおたきが急《せ》き立《た》てた。「ほんとうに、これだから男ってのは」

あばら家にもどると、おもとが夕飯の椀や小鉢を床に敷いた小さな筵にならべていた。

二人が戸口を入ると、あら、お帰りなさいまし、と愛想よく振りむいた。

「お二人ともたいへんでしたねえ。ほんとにご無事でなによりですよ」そう言うと、おたきのほうを見やり、「これで、おたきさんもひと安心よね」

「べつに心配なんぞしてないよ」とおたきはそっぽをむいた。「けどまあ、あの握り飯がひと足早いお供えにならなくてよかったんじゃないか」

野盗退治のおりの白米の握り飯は、おたきが作っておきちに持たせたものらしい。

久忠と又四郎はちらと顔を見合わせてうえにあがった。ちょっぴり期待しながら見おろしたが、夕飯はいつもどおりの雑穀飯とすまし汁と野菜の煮物だった。

又四郎は床に胡坐をかくと、なにも言わずに、ふうと息をついた。

「なんだい、文句があるなら、いますぐ片づけるよ。そのほうが手間が省けて、こっちは助かるんだ」

おたきが二人を睨みつけ、ぷいと背をむけて家を出ていった。

「なにも、そんな言い方をすることは……」

と又四郎がこぼした。

おもとが土間におりかけていた足をとめて振りむいた。

「ごめんなさいね。けれど、おたきさんは情が濃いんですよ。だから、お二人とあんまり親しくならないように、ああしてぶっきらぼうに振る舞ってるんです。情が移ると、あとがつらいだけですからね」

「そりゃまあ、おれたちはじきにここを出ていくからな」と又四郎は言った。「けど、あんたは物腰もやわらかだし、なにかと親切にしてくれる」

「あたしは根が薄情だから、さきのことは気にしないだけです。まあ、この里でも十人十色だけれど、みんなそれぞれ癖はあっても悪気はないと思いますよ」

「だとすりゃ、みんな癖が強すぎだ」

「あら」とおもとは口元を押さえて笑った。「そうそう、あのおせいちゃんにしても、おとなしく背負われて帰ってきたのは、お二人のことを信用したからですよ。でなけりゃ、決して里には連れてこなかったでしょう。たとえ歩けなくても、お二人に放り出されるまで、でたらめな道を教えつづけたはずです。おふくさまもそう、お二人を見込んで無理なお願いをしたんだと思いますよ」

「ふうん、そういうものかな」

又四郎は腕組みして、思案ありげに顎をさすった。

「では、どうぞごゆっくり」

おもとが言いおいて土間におりると、おもてから慌ただしい足音が近づいてきた。おもとは思い当たる節があるのか、またくすりと笑って戸口を出ていき、入れ違いに、おたきが顔を覗かせた。鼻息荒く土間に入ってくると、久忠たちのまえに皿と瓢簞《ふくべ》を置いて、ぱんと床を叩いた。

「これを差し入れてやれって、里長の指図だ。雉《きじ》の味噌焼きと、すこしだけどお酒もある。食べたら、さっさと寝るんだよ」

三

刀工たちの槌音は頭上の霧がもっとも厚くなる朝方から午後早くまでのあいだ高らかに鳴り響く。それは里のどこにいても聞こえるが、どこから響いてくるのか、どこまで響いていくのか、いくつの槌が振るわれているのか、なにもわからず、ただ目を閉じると、厳しくも美しい音色が織りあげる見えない錦に包まれているような心地がする。

久忠はその錦の抱擁から、はっとわれに返り、膝先を見おろした。太刀が一振、抜き身で横たえてある。細身の太刀をわずかに磨上《すりあ》げて刀拵えにした、自身の佩刀である。

昨日の昼下がりに訪ねてきた女は、この太刀をひとめ見て山城《やましろ》物と言い当てた。おとしというその女が、一昨日に鍛冶組の差配が引き合わせると言った、里で一番の刀工だった。

おとしは仕事を終えてすぐにきたのか、まだ額に汗をにじませていた。襷《たすき》をかけたままの白い鍛冶装束は袖口をはじめ、あちこちに火花の焦げ跡があり、手の甲や手首にもこまかな火傷痕《やけどあと》のしみと、できたばかりの火膨れが点々と見えた。

年頃は差配のおさだとほぼ同輩だろう。中背で骨柄もさほど逞しくはないが、きりっと引き締まった体軀をして、太刀をあらためるたたずまいは、刀工というより、むしろ剣客を思わせた。この人物なら、と久忠は胸裡《きょうり》でうなずいたのである。

だが久忠の話を聞き終えると、おとしは迷わず首を横に振った。

「そうか、できないか……」

久忠は表情にも声音にも落胆を隠せなかった。

「はい、できません」

「おれは鍛刀の理も非もわきまえがない。いま話したのも、望みのままに思い描いた太刀の姿だ。刀鍛冶として、そのどこに無理があるのか教えてはもらえないか」

「もちろんです」とおとしはうなずいた。「まず太刀の姿について。長さ、反り、身幅、鎬《しのぎ》の高さ、切先や茎《なかご》の形などは、望みどおりのものを打てるでしょう。つぎに刃文や地金の風合いについても、望みどおりとはいかなくても、近いものはできると思います。しかし、愛洲様が往古の青江物に匹敵する太刀を望むのであれば、それはいまこの里ではかないません」

「里一番の名手も、先達の技にはおよばないということか」

「技よりまえに」とおとしは言った。「数珠丸にかぎらず先達の鍛えた太刀とならぶものを打つには、備中高梁川の砂鉄で吹いた鋼が欠かせません。わたしの技がおよぶかどうかは、そのあとのこと。いまここに往古の名人がいようと、高梁川の砂鉄がなければ、愛洲様の望みの太刀は打てません」

久忠は息を吞んだ。おとしの刀工としての自負にずんと肚《はら》を突かれた思いがした。

「砂鉄の産地とは、それほど鋼の質や太刀の出来に関わるものなのか」

「そのとおりです。この近辺でも備前、備中、備後、石見、出雲、伯耆と国ごとに砂鉄の質は変わり、またおなじ国でも採れる川ごとに差異があります。そして、その差異は多かれ少なかれ鋼の質のちがいにあらわれ、ひいては太刀の出来にも関わります」

「もしや、刀鍛冶の技倆よりも？」

「そうは言いません。太刀の出来不出来や風合いは、なにより鍛冶の腕に大きく左右されます。けれど、鍛冶の腕だけではどうしようもないこともある。それが刀身の色です。古来より青江物は澄肌《すみはだ》といって青い地鉄のなかにところどころ黒い斑《ふ》が見えるのですが、これは高梁川の砂鉄でしかあらわれない景色だと伝えられています」

久忠は腕を拱《こまね》いて目を閉じた。一振の太刀の姿を瞼のうらに思い浮かべた。かつて甲斐の山寺で垣間見た太刀の姿である。

おとしはいっとき待って言葉をつづけた。

「また伝え聞くところ、数珠丸も青い地色の底に黒く霜が降るようであったと言います」

「うむ、まさしく……」

「もしや、ご覧になりましたか？」

「見た」

「なんと、うらやましい」おとしはつぶやいて、久忠の顔を見なおした。「では、いよいよ高梁川の砂鉄でなければ、愛洲様の目にかなう太刀は打てません」

「………」

「有り体に言えば、鍛冶の手の内でも、ある程度は刀身の色を操れます。実際、わたしも若いころには火の加減や焼き入れの間合いなど、さまざまな工夫をしたものです。しかし、愛洲様の望みはそうした小手先の技で打った飾り物の太刀ではない。あくまで強靭で切れ味の鋭い太刀を鍛えあげ、そのうえでおのずと数珠丸のごとき景色があらわれなければならない。ちがいますか？」

「尋ねるが」と久忠は言った。「その砂鉄、いまはもう手に入らないのか」

「いえ、高梁川に行きさえすれば、おそらく手に入るでしょう。ですが、それはわたしが決められることではありません」

「里長や山方組の差配の領分ということか」

「そうです」とおとしは言った。「当然ながら、鋼造りには太刀一振分の砂鉄があればいいわけではありません。たたらに火を入れるにたる量の砂鉄が必要です。それだけの砂鉄をたやすく高梁川に採りに行けるなら、とうにそうしていたでしょう」

「そうか、難しいのだな」

「しかし、ともかく鍛冶組の差配を通じて話を持ちかけてみましょう」

「やっ、頼めるか」

久忠は思わず膝をにじり出した。

「はい、わたしも愛洲様の望みの太刀を打ってみたくなりました」

里ではいま往時に似た風合いを出すために、数種の砂鉄を配合して鉄を吹き、太刀や刀を打っているという。だがおとしも青江鍛冶の流儀を受け継ぎ、その技をきわめるべく修練する身として、かねて本物の高梁川の砂鉄を使ってみたいと思っていたらしい。

「砂鉄のこと、かなえばよし。かなわなければ、あらためて相談しましょう。いずれにせよ、青江の名に恥じない太刀を打つ。それだけは約束します」

おとしはそう言い残して帰ったのだ。

昨日の面談を思い返すと、久忠は膝先の太刀をつかみ、立って、さっと片手で横一閃した。と同時に、手首を返して斜め下に一閃し、さらに刃をひるがえして横一閃する。

久忠の太刀遣いは船上の戦いで身につけたものだ。師と呼ぶべきひとはいない。いるとすれば、それは海と船だろう。物心がつくころから伊勢湾の波に揺られ、元服前には「愛洲の鬼子」、その数年後には「愛洲の船には鬼が乗る」と沿岸の海賊衆に噂された。

当時の佩刀は太刀拵えの大和物《やまと》だった。古めかしいがよく切れるその太刀を騎馬武者のように手貫緒《てぬきのお》で手首とつなぎ、おもに片手で揮《ふる》った。左手は手綱を握るかわりに、あらゆることに使った。敵をつかんで引き寄せ、あるいは突き放し、手近な物を盾に持ち、あるいは投げつけ、帆柱や縄をつかんで縦横に動きまわり、敵の腰刀を抜いて、その脇腹に突き刺し、そしてもちろん太刀の柄を握って両手で敵を斬る。

応仁元年にはじまる騒乱のなかで、戦いの場を陸上に移しても、久忠の太刀遣いはほとんど変わらなかった。変化といえば、傷だらけになった佩刀を山城物の太刀に替えて、刀拵えに仕立てなおしたことぐらいである。激しく揺れ動く船上で敵味方が入り乱れて殺し合う海戦にくらべれば、足場のたしかな陸戦で危機や恐怖を感じることはほとんどなかった。

合戦の場に立つと、久忠はひたすら血が沸き肉が躍った。

だがそうした興奮は長くつづかなかった。陸上での戦いは船上にもまして凄惨《せいさん》だった。逃げ場のない船上では敗者は降伏するしかなく、勝者はあえて無益な殺生《せっしょう》をしない。だが退路の残された陸上では敗者は逃げ惑い、勝者はここぞとばかりに追い討ちをかける。算を乱して敗走する敵の背中を斬るたびに、久忠は手足の血が頭へと逆流した。そして、身体の芯にある正気をたもつためのなにかが、すこしずつ崩れ落ちていくのを感じた。

さらにもうひとつ、合戦を耐え難くするものがあった。乱取りである。

久忠もかつて海賊として交易にも劣らない回数で略奪にも加わった。欲に駆られた人間のあさましさは身をもって知っている。だがそんな久忠から見ても、雑兵たちが乱取りに狂奔《きょうほん》する姿は異様だった。

そこで剝き出されるのは、たんなる物欲や色欲ではなかった。おなじぐらいひとの肚の奥底にあるもの。他人を踏みにじってやりたいという欲、他人の暮らしをぶち壊してやりたいという欲。そうしたふだんはおもてに出さない情念が乱取りの場ではあらわになり、ごうごうと荒れて燃えあがるのだ。

天下を二分した騒乱がひとまず決着すると、久忠は戦場から身を引いた。すると驚くほど深いむなしさのほかには、なにひとつ胸に残らなかった。

郷里の館に帰り、ぼんやりと日を送った。やがてどれだけ日が過ぎたかも曖昧になり、「愛洲の鬼が呆けてもどった」と近隣の海賊衆に噂が広まるころ、久忠はふと空虚な胸の隅に濁った色の塊を見つけた。

よく見ると、それはなにか縺《もつ》れた糸の塊のようだった。もっと目を凝らすと、子供のころに感じた波の揺れ、しぜんと覚えた四肢の動かし方、片手で太刀を揮うために積み重ねた鍛錬、素早く確実にひとを殺す技、独自の運足《うんそく》と太刀捌《さば》き、乱戦で生き残る術、逃げ惑う敵の背中を斬る感触、妊婦を犯す味方の横顔など、さまざまな記憶や経験がごちゃごちゃに絡まり合ったものらしかった。

この塊を捨てれば、新たな道を歩める、と久忠は直感した。

たとえば職人、商人、百姓、出家してもいい。だがそう考えただけで、またもや深いむなしさが襲いかかってきた。だめだ、と久忠は思った。おれには捨てられない。それより、この縺れた糸をほぐしてみよう。一本一本ていねいにほぐして、長い糸や短い糸、太い糸や細い糸を仕分けていき、よけいな糸を捨てれば、そのさきにべつの道が見えてくるかもしれない。

久忠はそう思い、その日のうちに旅に出た。街道を歩きながら考え、見知らぬ町でひとと話し、山中に分け入って太刀を振り、野辺で日がな一日坐禅を組む。そうして丹念に縺れをほぐしていくと、糸はどれも一本ごとに鮮やかな色を持っていた。一方で塊はしだいに濁りが薄れていき、やがて胸の隅でころりころりと転がるほどに軽くなった。

だがどうしてもほぐせない小さな瘤《こぶ》のような縺れがあり、またいくらほぐしてもあらわれない糸の色の種類がある。因州青屋の木賃宿で青江物の新作とおぼしき太刀を見たのは、そんなふうに行き詰まりを感じはじめていたときだった。

稲妻のように数珠丸の姿が脳裡をよぎり、直後にこれまで自分が漠然と思い描いていた理想の太刀がはっきりと形になって見えたのである。この太刀を手にすれば、もう一歩先に進めるかもしれない、と久忠は思った。

「おっ、どうした？」戸口で又四郎の声がした。「そんな物騒なものを振りかざして、おたきに見つかると、またぞろどやされるぞ」

「なに、すこしばかり考えごとだ」

久忠は鞘を取り、太刀を納めた。ちらとおもてを見て、土間におりながら訊いた。

「そっちは、どうだった？」

又四郎は半刻ほどまえ、昨日引き合わされた刀工の家に行くと言って出かけたのだ。

「どうもこうも、なにせ暑かった」

又四郎は土間の隅に行くと、水甕の蓋を開けて、柄杓《ひしゃく》を突っこみ、喉を鳴らしてごくごくと水を飲んだ。たてつづけに三杯飲むと、太いため息をついて、板の間のへりに腰をおろした。

「鍛冶屋の仕事場なんて、間違っても真夏に見物するもんじゃないな」

久忠は又四郎のまえに立った。

「で、どうなった。話はついたのか？」

「まあ、それはどうにか」と又四郎は言った。「結局、おれはとくに注文はないから、好きに打ってくれってことにした」

二人は昨日、それぞれべつの時刻に刀工と顔合わせした。

又四郎は未熟者だから若い娘がくるものと決め込んでいたのだが、あらわれたのはしっかりと薹《とう》の立った三十過ぎの女だった。打ち合わせになると、又四郎はその大年増《おおどしま》にどんな太刀が望みかと訊かれたが、まさか名手の打つ太刀と見くらべたいから、得意のなまくらを打ってくれとは言えない。

「その件については、明日にでも仕事場を見せてもらって、それから検討するとしよう」

とそれらしい言い訳をして、その場を凌《しの》いだのだ。

「仕事場まで行って、好きに打てとは、それで相手は納得したのか？」

久忠が訊くと、又四郎は首をかしげた。

「さあな。むこうもたいしてやる気はなさそうだし、とりあえず腹に障らんように、てきとうに打ってくれたらいいんじゃないか」

「腹に？」

「ああ、子ができているらしい。まだそんなに膨らんではいないが、五ヵ月だとか言っていたな」

「おぬしの見当は大外れだったわけだ」

「未熟者すなわち可憐な乙女だ、と言っていたやつか？　まあ、しかたないさ」と又四郎は笑って、「しかし、面白い話は聞けたぞ。おとしといったか、貴公の相棒の刀鍛冶は、この里でもめったに出ない名手らしい。里長の婆さんも、百年にひとりと太鼓判を押しているそうだ」

「ほう、それは耳寄りな話だな」

「それから、おきち。野盗のねぐらに案内してくれたあの娘も、鍛冶組で将来を見込まれていたらしいが、顔の大怪我のせいでたたら組に組替えしたという話だ。まあ、片目で太刀を打つのは難しそうだからな」

「そうか、そんな事情があったのか」

久忠はちらとおきちの顔を思い浮かべた。あのとき野盗を一掃しての帰りぎわ、おきちはひと言だけ「ありがとうございます」と言った。

「事情といえば、刀鍛冶の裏話も面白かった。貴公も興味があるだろう、鋼の話だ」又四郎はふふっと鼻をうごめかした。「鋼にもよしあしがあり、上等の鋼ほど値が高いのはあたりまえだが、そういう鋼は備前でも山城でも美濃でも、なみの刀鍛冶の手元にはめったに届かない。たんに金がなくて買えないだけじゃない。たいていはその土地の名門が上等の鋼を掻っ攫っていくそうだ」

「なるほど、ありそうなことだな」

「さらに、名門のなかでは分家より本家、本家のなかでは当主や惣領の手元に、上等の鋼は流れていく」

「すると、技倆が同等なら、分家の当主より本家の当主、次男三男より長男のほうが、太刀の出来がよくなる理屈か」

「そういうことだ」と又四郎はうなずいた。「この里でも、名門や本家分家のへだてはないが、腕前の順に質の良い鋼を取っていくらしい」

「では、おとしは好きな鋼が使えるわけだな」

「おれの相棒のほうは残り物のくちだ。『あたしにももっと上等の鋼を使わせてくれたら、おとしさんに負けない太刀が打てるのに』なんて愚痴をこぼしていたが、そんな了見だからいい年をしていまだに里一番の未熟者なんだろうな」

と又四郎は苦笑した。だが久忠は最後まで話を聞いていなかった。戸口のまえを通り過ぎた影に気を取られていた。

四

おもてに出ると、まだうしろ姿が見えた。

小さなうしろ姿である。薄い影を引きずって、とぼとぼと歩いている。

里にきてから幾人か子供を見かけたが、その子を見るのははじめてだった。うしろ姿だけでそう言い切れるのは、見たことがないほどみすぼらしい恰好をしていたからである。継ぎあてだらけの着物は寸が足らず、泥まみれの足が膝の裏まで覗いている。年頃は五つ六つぐらい。ぼっさりと伸びた髪からするとやはり女児のようだが、たしかなことはわからない。

久忠はおなじ道を歩きはじめた。すぐに距離が詰まり、子供が気づいて振りむいた。右胸の赤い継ぎあてがちらりと見えた。ついさっき戸口から見えたその赤い布が、一瞬で久忠の目に焼きつき、なにかたしかめずにはいられない気持ちにさせたのだ。

幼いうえに薄汚れているせいで顔を見てもまだ男女の区別はつかなかった。子供がまえをむいて急ぎ足で歩きだした。久忠はそれでもたやすく追いつけたが、むしろ足どりを緩めて子供が離れていくにまかせた。なんとなく気にはなるが、逃げるのを追うほどの理由はない。

あの年頃なら男を見慣れていないだろう。怖がらせたかと、久忠はわき道に折れた。緩めた足どりのまま、昼下がりの里を歩いた。響き渡る槌音は、又四郎と話しているあいだにやんでいた。かわりに家の軒端や灌木《かんぼく》の茂みで鳥がさえずり、田圃のカエルがいっせいに鳴いている。

里の者は鍛冶組もたたら組も手があけば、すぐに農具をつかんで野良に出るという。田畑で動く人影は思いのほか多かったが、だれひとりこちらを見むきもしない。

久忠は立ちどまって路傍の地蔵に手を合わせ、おとしの家を目で探した。又四郎のように仕事場を訪ねてみたい気はするが、おとしはきっと喜ばないだろう。百年にひとりなどと聞かされると、昨日の印象より気難しい人物にも思えてくる。

やめておこう、さわらぬ神に祟《たた》りなしだ。久忠は思いなおして、またのんびり歩きはじめた。畑の茄子《なす》の膨らみ具合を横目で眺めていると、小川を挟んだむこう岸に雪舟の姿が見えた。道端の切株かなにかに腰を据えて、画帳を開いているようだ。

畑をまわりこんで歩いていくと、対岸の道にさっきの子供があらわれた。とぼとぼと歩いて、雪舟のうしろを通り過ぎたが、ためらいがちに足をとめると、すこし引き返して、また足をとめ、じりじりと雪舟に近づいていく。子供の表情はよく見えない。ただ右胸の赤い継ぎあてだけが強く目にしみてくる。

久忠は小川まできて、静かに橋を渡った。雪舟はやはり絵筆を執っており、かたわらで子供が手元を覗いている。近づいていくと、子供がはっと顔をあげて、小走りに逃げ出した。雪舟が手をとめて、そちらに目をやった。

「いやあ、じゃまをしたようです」

久忠が声をかけると、雪舟は振りむいて会釈した。

「ちと蒸暑いが、ここは日差しが柔らかいので助かりますな」

「いまの子は？」

「ああ、おさよですな」

「なにか事情がありそうに見えましたが」

「そのこと」と雪舟は眉をひそめた。「なんでも、あの子の母が里の掟を破って命を落とし、あの子もいまは咎人のあつかいだとか」

「あんな頑是《がんぜ》ない子が咎人ですか」

「さよう、おふく殿の話では、頑是ないがゆえにということになりますが」

里のしきたりでは、親が罪を犯したとき、子がすでに初潮を迎えていれば、ひとり立ちした大人とみなして累はおよばないが、まだなら親と一緒に子も罰せられ、初潮を迎えて組に入る日まで咎人としてあつかわれる。そうした子供は親族が身柄を預かり、身寄りがなければ親の所属していた組の差配が面倒を見るという。

「おさよの親はたたら組にいたので、おふく殿が面倒を見ている。そういう事情で、おさよとわたしはいま居候仲間なわけです」

「親がなにをしたかは？」

「聞かされていませんな。三年前のこと、とは言っていましたが」

「三年……」

久忠は半町ほどさきの家陰に走り込んだおさよのうしろ姿を思い返した。あれよりもさらに小さな背中に罪科を負わされて生きてきたのだ。この里にかぎらず子が親の罪に連座させられるのはめずらしくないが、だからといって哀れなことにかわりはない。

「ほかの子と遊べないからでしょうが、ひとり遊びが上手な子で絵を描くのもうまい。わたしがこうしていると、さいぜんのように覗きにきます」

「そう言えば、雪舟殿はこの里の絵を描くことを許されたのですな」

「ええ、ひとまずは」と雪舟はうなずいた。「ただし描いてよいのは、ここにいるあいだだけ。描いた絵を持ち出すことも、ここを出てから描くことも、まかりならんと釘を刺されています。しかし、こうして見たことのない景色を見ながら描けるのは、それだけでありがたい」

「雪舟殿はたしか明《みん》に渡られたことがあるはず。めずらしい景色は見慣れているのではありませんか」

「おや、これはよくお知りですな。さすが、四海をまたにかける海賊殿というべきか」

「勘弁してください」と久忠は困り顔をした。「おかしな名で呼ぶのは、又四郎だけで十分です」

「はっは、これは失敬。坊主というのは、存外に軽口が好きなものでしてな。そういう意味では、山中殿は出家にむいているかもしれない」

「いや、やつでは、とんだ破戒僧になる」

「それも悪くはなさそうだが」と雪舟は微笑んで、「ともあれ、貴殿の言うとおり、明国ではめずらしい景色を見ました。それはもう、あちこちで。なにしろ、かの国は広い。一年や二年では、とうてい見きれぬありさまでした」

「なるほど、そう聞くとまた船に乗りたくなる。朝鮮には何度か渡りましたが、港町の土しか踏んだことがない」

「ならば、ぜひ明国にも行かれませ。わたしなどは、かの国で蒙《もう》を啓《ひら》かれました」

「ほう、それはどういう？」

「ふむ、さよう……」と雪舟は小さく首をかしげ、「愛洲殿は唐物《からもの》の山水画を見たことはおありかな」

「交易品に書画のたぐいもあったので、山水画もそれなりには見ていますが」

「では、どれも似たような絵ばかりで退屈されたでしょう」

「いや、まあそれは……」

「べつに遠慮なさることはない。明国に渡るまでは、わたしも似たようなものでした」

「雪舟殿が？　いや、まさか」

「まあ、さすがに退屈とまでは言わないが、当時のわたしはこんなふうに考えていました。これは古人が理想の山河を思い浮かべて描き、そのうちのすぐれた絵柄が型となって受け継がれてきたものだ。だから、まずは古人の絵を真似て十二分に型を学び取り、そのうえでようやく、ほんのすこしだけ自分の工夫を加えてもよいのだと」

雪舟はそう言うと、わずかに額を傾けて霧のむこうを見るような遠い目をした。

「ところが、そうではなかった。どれほど流麗な大河であれ、どれほど奇怪な岩山であれ、それらはみな画家の目のまえにある実際の景色だった。明国の地を歩いて、それがはじめてわかった。なにしろ、自分もその景色を目の当たりにしたわけですからな」

「それで考えが変わったと？」

「変わりましたな。変わらざるを得なかった」と雪舟は言った。「そうでしょう。目のまえの景色を描くのに、どうして古人の型をなぞらねばなりませんか。自分が見たものを堂々と描けばよいのに、どうして他人の描いた景色に恐るおそるわずかな工夫を加えねばなりませんか」

雪舟は絵筆を見おろし、ふっと息をついた。

「古人の型にではなく、目のまえの景色にこころを傾けねばならぬ。そうしてこそ、絵に真実が宿る。明国の山河を見て、わたしはそのことを学んだようです」

「………」

「もっとも、おかげでたいそう紙を無駄にしましたが。いや、それを言うなら墨や筆もずいぶん無駄にした。目のまえの石ころひとつ、その真実を写すことがいかにも難しい」

「雪舟殿でも思いどおりに描けないことがありますか」

「いやいや、思いどおりになど描けたためしがない。古人を真似てこっそり工夫を加えるぐらいが身の丈に合っていると、いまだに思わない日はありません」

「……」

「おっと、これはつまらぬ長話をしたうえに、泣き言まで聞かせてしまいましたな」

「いえ、おれも明国の風物をこの目でたしかめたくなりました」

雪舟に礼を言い、久忠は道を引き返した。話を聞いているあいだに、さっきの家陰からおさよがちらと顔を覗かせたからだ。そちらに行けば、きっとまた逃げ出すだろう。絵を見る楽しみをじゃましたうえに、追いまわすような真似はしたくなかった。

小川を渡ると、すこし遠回りして、里のはずれの景色を眺めながら歩いた。雪舟の言葉がまだ耳に残っている。石ころの真実とは、はたしてなんなのか。それを写すというのはどういうことなのか。そっくりに描くという意味ではないようだ。

道端にまた地蔵がたたずんでいた。巧みとはいえないが、ていねいに彫られた、素朴な顔の地蔵である。久忠の知るだけでも里には地蔵が五尊あり、いつ見ても水や小さな握り飯が供えられている。たたらや鍛冶、あるいはかつての青江の里となにか関わりがあるのだろうか。

どこかで顔を見た女とすれ違い、しばらく歩いて、里にきたとき竹槍で出迎えた女だと思い出した。おたきのほかに三人いた、そのだれかはわからない。三人の印象が似かよっているからだ。世話係のおもとに聞いたのだが、里にはやはり腹違いの姉妹が少なからずいるらしい。

もはや見慣れたあばら家が見えてきた。青物が葉を伸ばす畑のむこうで、白っぽい午後の光に包まれている。その手前に人影が見えた。又四郎がこちらに歩いてくる。ぶらついているのではなく、どうやら久忠を探していたらしい。

「おーい、やっと帰ってきたな」まだ遠くから、又四郎が声を張った。「貴公に客だ！」

「客？」

「ああ、それでおれは追い出された」

久忠は足を速めて近づいた。砂鉄の話に結論が出たのかもしれない。

「おとしがきたのか。それとも里長か？」

「いや、ちがう」

「じゃあ、だれだ？」

「帰ればわかるさ」

「帰れば？」

「ふふん」

又四郎が鼻でいやな笑いかたをした。

久忠は眉根を寄せた。よくないことが起きようとしている。そんな予感がする。

「おぬし、近ごろ品が下がってきたぞ」

言い捨てて、あばら家にむかった。

道はもうまっすぐに歩くだけだった。すぐにあばら家についた。戸口で足をとめてなかを覗くと、板の間のへりに女が腰かけていた。もはや悪い予感しかしない。久忠が土間に入ると、女が杖をついて立ちあがった。

おせいである。横田八幡宮の六斎市では三十半ばぐらいの印象だったが、それより若く見える。久忠とおなじか、もしかすると年下かもしれない。あのときは老けて見えるように、わざと髪やら肌やらを汚くしていたらしい。

おせいが顎を引いて身構えた。

「なにしにきたかはわかってるね」

「ああ、見当はつく」

久忠はにがい顔をした。

「なら、さっさとすましとくれ」

「うむ……」

「言っとくけど、あたしには悪い癖があってね。まえに口を吸ってきたやつの舌を嚙みちぎったことがある。あんたも気をつけな！」

「そう殺気立つな。子種を授けろと無茶な条件を出してきたのは、里長のほうだ。おまえを選んでここに寄こしたのも、どうせ里長の差し金だろう」

「だとしたら、なにさ」

「いやなら、ここでいっとき暇を潰して、そのまま帰ればいい。こういうものは巡り合わせだ。うまく種がつかなかったと言えば、それで話はすむ」

「そんなことができるもんか」おせいが唸るように言った。「これは里のしきたり。あたしもつとめを果たさなきゃならないんだ」

「そうか……」久忠は息をつき、小さくうなずいた。「では、やむを得んな」

おせいがぎゅっと杖を握り締めた。唇を噛んで久忠を睨んだ。わずかに蒼褪《あおざ》めたようにも見えた。鼻で深く息を吸いあげると、荒っぽく顎をしゃくった。

「とにかく、その戸を閉めとくれ」

鉄《てつ》の川《かわ》

一

「では、いいですね」

おまさと名乗った女は手短に用件を伝えると、ひとこと念押しして立ち去った。

久忠は顎をさすった。腕組みして戸口を入り、板の間にあがると、肘枕で背をむけて昼寝していた又四郎がごろんと寝返りを打った。

「どうした、砂鉄の話か？　それとも、つぎの女か？」

「さあな。槌音がやんだら、奥の建物にこいと言われただけだ」

「ふうん」と又四郎が口を尖らせた。「海賊殿は一昨日、昨日とつづけて女がきたのに、おれは肩透かしを喰らってばかりだ。二度あることは三度ある。どうせ、今日も貴公のほうだろうさ」

「すねるな。言っておくが、あのてのことは仕方なくやるものじゃないぞ。砂を嚙むような思いというが、それどころかいっそ気が滅入ってくる」

実際、一昨日のおせいもことがすむまでのあいだ、目を閉じ歯を喰い縛って身じろぎひとつしなかった。それで萎《な》えてしまうのもなんとなくみじめだが、萎えないのもなにやらいじましいようである。いったいおれはなにをやっているのか、と久忠は終始胸のうちでこぼしつづけていたのだ。

「へええ、そうかな。砂を嚙んだか、なにを嚙んだか、わかったもんじゃない」

又四郎はしつこく絡んだものの、言っていてばからしくなったのか、起きあがって胡坐をかくと、自分から話題を変えた。

「ところで、貴公はいつまでここに居座るつもりだ？　おれの太刀は二、三日もあればできるらしいが、貴公はまだ砂鉄をどうするかも決まっていない。正直、おれはもうこの里に飽きてきた。明日出て行くことになっても、べつにかまわんのだが」

「望みの太刀ができるまで。いまのところ、おれにはそれしか言えんな」

「見込みはどうだ、半月ぐらいか」

「さあ、半年かかるか、一年待つことになるか」

「おい、本気か」と又四郎は天を仰いだ。「酒はない。飯は朝夕の二回で、いたって質素。やることといえば、命懸けの無茶をさせられるか、でなけりゃ、昼寝か近所の散歩ぐらい。よく、こんなところで一年も辛抱できるな」

「まあ、縺れた糸をほぐすには、ちょうどいいかもしれん」

「糸？　なんの話だ」

「いや、聞き流してくれ」と久忠は手を振って、「一年というのは大袈裟にしても、これから砂鉄を採りにいき、それを鋼にして、太刀を打つとなれば、少なくともひと月ぐらいは見ておかねばならんだろう」

「ひと月か」又四郎は嘆息した。「それでも長いな。貴公の望みの太刀は、どうしてもその砂鉄がないと打てんのか」

「それは、わからん」

「わからん？」

「ああ、おれも正直に言うが、その砂鉄が必要かどうか、本当のところはわからんのだ」

「なんだ、それは？　こっちこそ、わけがわからんぞ」

「たとえばだ、砂鉄の違いで太刀の色が変わるだけなら、おれもそこまではこだわらん。だが実際には、色だけの違いなのか、ほかにも変化があるのか、おれには判断がつきかねる。たぶん、おとしも打ってみるまでは、たしかなことを言えんのだろう。だから、できれば妥協はしたくないのだ」

「なるほど、そういうことなら、貴公の気持ちもわからんでもないが、それなら――」

と又四郎が言いかけたとき、鳴り響く槌音が静まりはじめ、やがてぴたりとやんだ。一瞬、二人は黙った。余韻なのか、耳鳴りなのか、かすかな空気の震えだけが鼓膜に残っている。

「それなら、なんだ？　なにを言いかけていた」

「いや、またこんどにしよう。貴公、行かねばならんのだろう」

「かまわん、それほど急《せ》いてはいない」

久忠はそう言ったが、砂鉄の話かもしれないと逸《はや》る思いはあった。

「おいおい、ほんとにいいのか。待たせると、せっかくの器量よしに逃げられるぞ」

又四郎がまた絡む口ぶりをして、ぺろりと舌を出した。

「ああ、わかった。ご忠告にしたがおう」

久忠は仏頂面で立ちあがり、又四郎をひと睨みしておもてに出た。

里の奥にある大きな建物は、あばら家と半町も離れていない。久忠は歩きだして、すぐに振り返った。首筋に視線を感じたのだ。目を走らせると、となりの家の柿の木のわきで人影がこそりと動いた。

若い娘である。あれはたしか、と思い起こす瞼に、おたきの顔が浮かんだ。似てはいないが、おたきの娘かもしれない。姉妹の姉のほうである。目が合うと、娘は顔を赤らめて木の陰に身を引いた。

久忠に会いにきたわけではないらしい。というより、あばら家から出て行くのを待っていたようだ。

いまさらと思いつつ、久忠は気づかないふりをして歩きだした。おたきの顔がまた浮かんだが、あれこれ考えるのはやめた。余所者に里のしきたりの重みがわかるはずはないし、みだりに親心を憶測するのは節操を欠くようにも思われた。

奥の建物は何度かまえを通ったが、いつも固く戸を閉じていた。数ヵ所ある長い庇のついた窓は開いているようだから、覗き見ることはできなくもなかったが、さすがに鼠賊《そぞく》まがいの真似をする気にはなれない。外観からわかるのは、ひとの住まう家ではないということぐらいだった。

とはいえ、建物の中身に見当はついていた。鍛冶組の差配から里の成り立ちについて聞いたあと、ひととおり集落内を歩きまわったが、そのときたたら場らしきものはどこにもなかった。実物を見たことはないが、たたら場は炭焼きや瓦焼きと同様に野天で営まれると聞いている。だがほかになければ、この建物のなかとしか考えられない。

櫓《やぐら》のように高く迫りあがる屋根を見あげて、久忠は足をとめた。鳥居をまえにしたような厳かさがあった。今日は両開きの引き戸が開け放たれていた。久忠がたたずんでいると、戸口の奥から呼ぶ声がした。

「どうぞお入りなさい。ここは男子禁制ではありませんよ」

いましがたあばら家に伝言にきた、おまさの声だった。

久忠は屋内に足を入れた。やはりそこはたたら場にちがいなかった。炉は見あたらないが、中央に土の色のことなる場所があり、その両脇に足踏み式の大きな鞴が据えられている。ほかにも砂鉄や炭の置場、笊や竹箕《たけみ》、見たこともない道具類などが整然とならび、左右の壁際に細長い板の間があった。

里長は鞴の手前で床几《しょうぎ》に腰かけていた。左脇に山方組の差配、右脇におまさが立っている。

「物珍しいですかな」と里長が言った。「見てのとおり、われらはここで鉄を吹いております」

「屋内にたたらがあるとは聞いたことがないが」

久忠は言いながら、煙抜きまで吹き抜ける屋根裏を見あげた。

「さよう、吹屋敷《ふきやしき》と呼んでおりますが、この建物は里の祖の一番の工夫であり、一番の苦労でもあったと言い伝えられております」

里長はそう言って、灰色の目をおまさにむけた。

おまさがうなずいて、ぐるりと周囲に手振りした。

「こうしてたたらを家屋で覆ったのには、おもに二つの理由があります。ひとつは霧から炉を守るため。もうひとつは、世間から炎を隠すため。いったん火を入れると、たたらは夜どおし吹きますから」

「なるほど、それで窓に長い庇を架けているわけか」

久忠は合点した。あれは洩れ出す光を四方の山から見えにくくするためなのだろう。

「さて、前置きはこれぐらいで」

と里長が言った。そしてこんどは、もうひとりに目をむけた。

「やえと申します」

と山方組の差配が言った。年頃は鍛冶組差配のおさだより十歳ぐらいうえで、体格もひとまわり逞しい。

「高梁川の砂鉄、山方組が採りに行きます。ついては、愛洲様にも同行してもらいますが、よろしいですね」

「むろんだ」久忠は即答した。「むしろありがたい」

「ありがたい？」おやえが眉をひそめた。「女の仕事と甘く考えていると、痛い目を見ますよ」

「そんなつもりはないが、覚悟はしておこう」

おやえはまだなにか言いたげだったが、里長がとんと膝を叩いた。

「では、話は決まり」

すると、おまさがまた口を開いた。

「このたたらでは、ふだんは一度に千貫（一貫は三・七五キログラム）の砂鉄を使います。けれど、それだけの量をまとめて高梁川から採ってくるのは難しい。そこで、今回は半量の五百貫にします。ですが、たとえ半量でも備中の山中からこの里まで運ぶのは容易ではありません」

「わかった。必要となれば、何往復でもしよう」

「そういうことは、一度砂鉄を背負ってから言ってもらいましょう」

山方組差配のおやえがぴしゃりと言った。

里長が萎《しな》びた口をうごめかして声を出さずに笑った。おやえとおまさの顔を見くらべ、久忠に目をもどした。

「ともあれ、高梁川の砂鉄はこれまでにもすこしずつは採ってきていましてな。そんなことを言えば鍛冶組がうるさかろうと内緒にしていますが、いま使っている鋼にもいくらかは高梁川の砂鉄を混ぜてある。長年こつこつと貯めてきたものが、たしか……」

「三百貫ほどあります」とおまさが口添えして、「愛洲様、このことはくれぐれも内聞に願います」

久忠は黙ってうなずいた。

「まあ、そういうわけで」と里長が言った。「こなた様には山方組と一緒に砂鉄を二百貫ばかり採ってきてもらう。足手まといにならぬよう、せいぜい気張ってくだされや」

里長は床几から立ちあがると、おやえの耳元になにかささやき、おまさに付き添われて吹屋敷を出て行った。

「では、あとの話はわたしが」とおやえが言った。「説明は一度しかしません。まず、出立は明朝、日の出とともに」

久忠は日程や砂鉄の採取法、荷物の分担などを聞いて、あばら家に引き返した。

さて、又四郎はどうなったろう。ことによると、しばらくどこかで暇を潰さねば、とそんなことを考えながら歩いていると、あばら家の陰から又四郎が姿をあらわした。巻いた筵を運んでいる。いやに重たげだ。なにをするのかと眺めていると、又四郎は物干しのまえで筵を広げて竿竹にかけている。どうやら寝床に使う筵を干しているらしい。

「どうした、なにをしている？」

久忠が声をかけると、又四郎は振りむいて両手をぱんぱんと払った。

「いや、ちょっと汚れたから、そこの水路で洗ってきたんだ。そんなことより、そっちはどうだった？　砂鉄の話は決まったか」

「ああ、望みどおり高粱川に砂鉄を採りに行くことになった」

「おお、そりゃ吉報だ」と又四郎が笑顔になった。「だめなら、おれにもべつの思案があったが、これはもう用済みだな」

「さっき言いかけていたことか」

「まあ、妙案とも言い難かったから、この里で砂鉄を入手するというなら、それに越したことはない」

「とはいえ、な」と久忠は言った。「里長に言われて、おれも同行する。おぬしには悪いが、やはりあとひと月ほどはここに居残ることになりそうだ」

「なに、かまわんさ。ひと月が三月でも、半年でも、おれはかまわんぞ」

「おい、どういう風の吹きまわしだ？」

「べつに、どうってことない。貴公のためなら退屈もなんのそのって話さ」

こころなしか午前中より伸びたように見える鼻のしたを、又四郎がひとさし指の背でもそもそとこすった。

二

隠れ里の関門ともいえる岩壁の裂け目を抜けると、久忠はいったん目隠しされて四半刻ほど歩いた。手を引かれてはいたが、視覚を奪われて山の斜面を歩くには、足元に神経を集中するしかない。目隠しをはずされたときには、すでにどの方向に歩いてきたかわからず、そこから半刻余り獣道を歩いて、またしばらく目隠しされると、もはや里への道筋は見当すらつかなくなった。

同行者は山方組のおたきとおきん。二人のうしろに、久忠がつづいている。

この三人が先行して現地に行き、砂鉄の採取作業を開始する。翌日から山方組の八人が逐次に到着して、砂鉄を受け取り、里へと折り返す。ひとりが背負う砂鉄はおよそ二十貫。久忠もふくめて十一人で二百二十貫余を運搬する手筈《てはず》である。

山方組差配のおやえの話では、この作業のあいだに里ではたたら組が新たに炉を築くという。たたらの炉は一度の操業ごとに打ち壊すものらしく、だから久忠が吹屋敷に入ったときには炉が見あたらなかったのだ。そちらの作業にも興味はあったが、むろん久忠に見物する暇などあるはずがない。

おやえに訊いてみたところ、築炉の工程はざっとこんなふうになるという。

まず古い炉の跡で薪を大量に焚き、その灰を叩き均《なら》して、乾いた土台をつくる。つぎに瓦状にした粘土を箱型に積みあげ、さらに泥状の粘土で塗り固めて仕上げる。最後に鞴とつなぐ送風口と鉄の排出口を開けて、十分に乾燥させれば、新しい炉の完成である。

「詳しいことが知りたければ、道中でおたきに聞きなさい。まあ、そんな余力があればだけれど」

とおやえは言った。だが余力もなにも、おたきは里を出てから、久忠とひと言も口をきかなかった。久忠だけでなく、おきんともほとんどしゃべらないから、おきんはずっと気まずげにしている。とても無駄話のできる雰囲気ではなかった。

出雲から備中にむかうには、伯耆か備後のどちらかを経由することになり、いずれにせよ二度国境を越えなければならない。

おたきはそのどちらを通るとも言わず、足早に山中を踏み分けていく。久忠はときおり頭上を見あげて時刻と方角に見当をつけた。夏の日の輝きが濃緑の枝葉を透かして、およそのことを教えてくれる。いまはおおむね東にむかっているようだ。

昨夜、又四郎と話して、高梁川の上流にむかうなら伯耆、中流にむかうなら備後を経由するものと見当をつけた。又四郎は奥出雲の土地勘はなくても、隣国の地理には通じていた。他国暮らしをしていたと言っていたのと、なにか関係があるのだろうか。それはともかく、この方角からすると伯耆を経て上流をめざすらしい。

おたきは街道筋に出たときだけ、いかにも悠長な歩きぶりでおきんに話しかけ、山道に入るとまた無言で足の運びを速める。久忠はひとが往来する道では距離を取り、山中では二人の背中を全力で追った。

午後遅くに谷川で足を休め、握り飯と瓜の漬物で腹ごしらえをした。おたきはさっさと食べ終えると、ひとり離れて前方の山を睨みあげていた。久忠とおきんは大急ぎで握り飯の残りを食べきり、三人は谷川を渡ってまた東に歩いた。

やがて木洩れ日がちらちらと背中をくすぐるようになり、木々の合間にひと足早い宵闇が漂いはじめたころ、おたきがようやく久忠の顔を見て口を開いた。

「今日は夕月が出る。このまま国境を越えるまで休まないよ」

だがそこから分け入ったのは、月どころか日の光さえ満足に届かない洞窟のような樹海だった。年経た木の幹のあいだを縫うにつれて、あたりが目に見えて色彩を失い、薄墨色の湿った空気が肺腑にしみてきた。頭上の枝葉はまだぼんやりと残照をふくんでいたが、そのわずかな明るみも見あげるたびに力を失い、ついには真っ黒に塗り潰された。

久忠はまえを行く足音を頼りに斜面を踏んだ。しだいに勾配が険しくなり、油断すると朽ち葉が滑り、浮き出た木の根につまずく。気づけば鼻先に太い幹があり、ぎょっとさせられる。斜面を登りつづけているのに、むしろどこか深い場所にむかって沈み込んでいく感じがする。老樹の幹を両手で搔き分けるようにして進んでいくと、ふいに目のまえが開けて月光に照らされた。

久忠は立ちどまり、瞼をしばたたいた。満天の星のしたに、まえを行く二人のうしろ姿がくっきりと見える。夜闇に金色の霞がかかり、見おろすと自分の身体まで蛍のように光っている。足腰の重苦しさが消えて、ふっと身体が浮きあがるような気がした。

「なにしてるんだい」

おたきの声に、われに返った。二人がこちらをむいて立っている。久忠は急いで駆け寄った。おたきはふんと鼻を鳴らすと、おきんに焚火の支度を指図して、背負ってきた荷物を足元におろした。

「聞いた話じゃ、ここはひと昔まえの烽火《のろし》台の跡だそうだ」

「すると、山頂あたりか」

「見てのとおりさ」

「山の名は？」

「好きに呼んどきな」

「国境はどうだ、もう越えたのか」

「あんたが滑ったりつまずいたりしてるあいだにね」

「お、おう……」

「今夜はここで野宿だ」おたきは空を見あげて、すっすっと鼻で山気を吸った。「雨の心配はないね。夜食を食べたら、ひとりを見張りに残して、交代で寝るよ。明日は日の出まえに発って、昼にはかならず高梁川に着くからね」

その夜、久忠はめずらしく幼いころの夢を見た。星空を眺めたせいで、はじめて船上で夜を過ごした日のことを思い出したのかもしれない。夢のなかで、久忠は海原を覆う星々を見あげながら、老練の水主《かこ》が語る昔話を聞いていた。目覚めたときにはまだ耳には水主のささやきが、身体には波に揺られる感覚が残っていたが、起きて身支度をはじめると夢の記憶は足早に遠退いていった。

烽火台のさきの森には、いまにも消えそうな細い道がつづいていた。星がまばらに残る紫紺の空に別れを告げて、三人は深い森に踏み入った。たちまち真夜中に引きもどされたように周囲が暗くなったが、足元の起伏はなだらかで、昨夜にくらべればかなり歩きやすかった。

やがて空が白みはじめるころ、三人は森を抜けて荒れた山道に出た。人影は見えないが、久忠はすこし距離を取った。長い坂をくだるあいだに日が昇り、高い木の梢《こずえ》に真横から光が射すのが見えた。

山腹に突き出た大きな岩をまわりこむと、道が平坦になり、そのさきで急な登りに変わった。見あげると、前方に馬の背のような峠が盛りあがっている。久忠が思わずため息を洩らすと、おたきがいきなり走りだした。おきんもすかさず坂を駆けあがっていく。久忠も走った。少なからずあった足腰にたいする自信が、この道中で大きくぐらついている。実際、二人のうしろ姿がしだいに離れていき、峠を越えたときには、おきんの背中はまだ遠くに見えたが、おたきの姿は影も残っていない。

ここで見失うわけにはいかない。久忠が全力で追いかけると、おきんが足をとめて振りむき、ついてこいと手振りして、左手の木立に入った。

息を切らせて駆けおりると、そこは細い杣道の入口で、目印に縦長の石が据えられ、かたわらの斜面から水が湧いていた。久忠はひとすくいだけ口を湿して、杣道に踏み込んだ。どうにかおきん、おたきと順に追いついたが、いつまた走りだすかもしれず、いっときも気が抜けない。だがそうして懸命に二人を追うあいだに、もうひとつの国境も越えていたようだ。

気がつくと、木々の切れ目から見える空が青白く輝いていた。そして、その空に日が高くなるころ、打ち捨てられたたたら場の跡に出た。

荒れた静かな場所だった。奇妙なかたちの鉄滓《てっさい》にまじって、錆びた篦《へら》のような道具が転がっている。鳥の鳴き声は聞こえず、草むらで野鼠かトカゲがかさこそと音を立てるほかは、三人の足音しかしない。おたきがなにかつぶやいたが、久忠には聞き取れなかった。

たたら場跡のさきに分かれ道があり、三人は右手の坂をくだった。ごつごつと突き出る岩にかまわず、おたきはまた駆け足になり、おきんが身軽についていく。砕けた岩の欠片に苦労しながら追いかけると、やがて坂がなだらかになり、街道筋に突き当たった。だがおたきはまっすぐ木立に分け入り、そこからしばらく歩くとふいに川べりに出た。

山肌を引き裂いたような深く狭い川だった。岸辺の木の幹に手をかけて覗き込むと、暗い水面に日の光と葉の影が揺れて、川底がところどころ赤茶けて見える。

「高梁川か?」

久忠が訊くと、おきんがうなずいた。

おたきは川沿いを下流にむけて歩いた。にわかに用心深い足どりになっている。しばらく行くと対岸から川が合流して、下流に細長い河原が広がった。

三人は河原づたいにゆっくりと歩いた。両側の岸がじわじわと川に迫って、いったん河原は途切れたが、またしばらく行くと対岸が遠くなり、さっきよりもいくぶん広くて長い河原があらわれた。

おたきはその河原におりて、川底に目を凝らした。おきんと久忠がつづいて河原におりると、おたきは下流に目をやり、わずかに首をかしげた。

「ここで待ってな」

と言いおいて、ひとりで土手をあがり、下流のほうに姿を消した。四半刻ほどしてもどってくると、背中の荷物をおろして、ぱんと手を叩いた。

「さあ、はじめるよ」

久忠が河原で大ぶりの石を拾い集めるあいだに、おたきとおきんは里からばらして運んできた道具類を組み立てた。二股の刃の広い鍬や大きな鋤に似たかたちの道具である。

二人は襷をかけて着物の裾を大きく捲《まく》りあげると、鍬を手にしてざぶざぶと川に入っていった。上流から下流にかけて四ヵ所、集めた石を横一列にならべて川底の小石や泥砂を掻き寄せ、流れがぎりぎり越えるぐらいの堰を築いた。

「ほら、見てな」とおたきが堰の上流で川底を浚《さら》いだした。「こうすりゃ、舞いあがった泥だけが流れて、あとに砂鉄が残るんだ」

久忠は赤茶色に濁った流れに近づき、おたきの仕事ぶりを眺めた。おきんも慣れた手つきで鍬を使っている。

「ほんとは堰さえ造れば、放っといても水が渦巻いて泥を流してくれるけど、あたしらにはぼーっと待ってる暇はないからね。さあ、あんたもこっちにきてやってみな」

おたきは顎をしゃくって、久忠に指図した。

「いいかい、堰から離れたところは、こうやって大きく掻き起こす。で、だんだんと堰に近づくにつれて力を加減する。そうしないと、泥と一緒に砂鉄まで流れちまうからね」

「わかった、まかせろ」

久忠は袴を脱ぎ、小袖の裾を端折《はしょ》ると、鍬をつかんでざぶんと川に入った。

三

大きくて幅のある鋤のような木製の道具は、川底にたまった砂鉄をすくいあげるために使い、おたきたちは鋤板《すきいた》と呼んでいた。

作業をつづけるうちに、久忠はおもにこの鋤板を受け持つようになった。

砂鉄はただすくいあげるだけでなく、しばらく川のなかで鋤板を揺り動かして、よけいな泥や砂を流してしまわなければならない。これをうまく加減してやるには砂鉄の重みと川の流れに耐えられる腕力が必要になるが、久忠はおたきの注文どおりに作業をこなして見せたのだ。

河原にあげた砂鉄は上流側に集め、澄んだ水できれいに洗い流してから乾燥させる。これで八割方は汚れを落としてしまえるという。

いまその乾いた砂鉄を藁で編んだ背負籠《しょいご》に詰め入れているのは、山方組のおあきだった。おあきは八人の運搬役の六人目になる。久忠たちは一度下流に場所を移しただけで順調に作業をつづけ、採取した砂鉄の運搬もここまで滞りなく進んでいる。

砂鉄用の背負籠は鉄籠《かなご》と呼ぶらしい。おあきは砂鉄を鉄籠に詰め終えると、立ちあがって川面のほうに声をかけた。

「おたきさんは、まだ帰りそうにないかい？」

「さあ、どうだろ。今日はちょっと長くかかってるね」

おきんが鍬の手をとめて下流を見やった。この場所に移ってから、おたきはいっそう用心深くなり、いまもようすを見に行っている。

「顔を見ずに行くのもなんだし、どうしようかしら」

「かまわないんじゃないか。とくに言伝《ことづて》も聞いてないから」

「そうかい、ううん……」

とおあきが首をかしげたとき、下流の岸に人影があらわれた。

「あら、帰ってきたみたい」

とおきんが言い、久忠も振りむいた。それとなく身構えたが、たしかにおたきの影にちがいない。

「やあ、ご苦労さん。多禰《たね》のほうから帰って、休まずにきたんだろ。たいへんだね」岸のうえからおあきの姿を見ると、おたきは大声でねぎらいながら土手をおりてきた。「荷造りはもうすんだのかい。つぎはおよしさんで変わりないね」

「ええ、順番どおりに運んでますよ」

「じゃあ、およしさんと行き違えるときに伝えとくれ。昼から川上に場所を変えるって」

「昼から、川上に」とおあきがうなずいた。「どのあたりか当てがあるなら聞いときますけど」

「それが、行ってみないとわからないのさ」とおたきは顔をしかめた。「予定より早いけど、残りの砂鉄が乾いたら、おきんもさきに帰らせるつもりだ。目途がついたら、そのとき言づけるよ」

おあきが鉄籠を背負いあげ、「ああ、これ、いつも最初がきついんだ」と陽気にぼやいて立ち去ると、おたきは川で作業する二人に河原にあがるよう手招きした。

「聞いてのとおりさ」とおたきは言った。「ここが一段落したら、川上に場所を移すよ」

「どうした、なにか不都合でも起きたのか」

久忠が訊くかたわらで、おきんも眉を曇らせた。

「川下で砂鉄を採ってる連中がいてね。こっちにくるとしても三、四日さきだろうけど、念のために場所を変えるのさ」

「物騒な連中か？」

「いいや、川下の村の百姓がたたら場に売る砂鉄を採りにきてるだけさ。けど、そんな連中でも鉢合わせすりゃ、ひと悶着起きるのはわかりきってるからね」

「それなら逃げだすことはない。里長がおれを同行させたのは、こういうときのためだろう」

「なに言ってるんだい」とおたきが目を吊りあげた。「あんた、この砂鉄で作るのは、百姓を斬るための太刀なのかい」

「やっ」久忠は言葉を呑んだ。「許せ、短慮を言った」

おたきはふんと鼻を鳴らして、おきんにむきなおった。

「ここにもう一人前は残ってるから、あんたはこれ持って、さきに帰っておくれ。あと四人前ぐらいは、二人でどうにでもなる」

「じゃあ、最後にもうひと仕事していこうか」

「そうだね、せっかくたまった砂鉄を連中に置いていく義理もない。よし、すっかり浚っていこう」

おたきがぱんと手を打ち、三人は鋤板をつかんで川に入った。半刻余りで川底の砂鉄を採りつくすと、小休みもせず、堰を崩して流れをもとの姿にもどした。砂鉄を洗って乾かすあいだに、おたきがこんどは上流のようすを見に行った。

久忠は濡れた道具を日なたに干すと、鉄籠の準備をしているおきんに声をかけた。

「おれが無理を言ったばかりに、大勢に苦労をかけてしまったな」

「砂鉄のことですか？」おきんがちらと振りむいた。「気にしなくても、べつにお武家様のためばかりじゃありませんよ」

「それならいいのだが、これほど大ごとになるとは思っていなかった」

「あたしたちは、これが仕事ですから、いつもどおりです。それに、きっかけはお武家様でも、ほんとのことを言って、あたしたちにはそんなの二の次の話ですからね」

おきんはちらと目で笑い、その目を手元にもどした。いつになく口数が多いのは、仕事にひと区切りついて、ほっとしたせいかもしれない。

「いまここにいるのだって、おさださんが里長やうちの差配を説得したからで、そうでなければ、お武家様がなにを言おうと、だれひとり動きやしません」

「おさだ、とは鍛冶組の差配だな」

「そうそう、そのおさださんが言ったんです。おとしさんが腕を揮えるあいだに、ぜひとも高梁川の砂鉄で太刀を打たせてみたい、そうしてこの里の技がどこまで先達に近づけたかたしかめてみたいって。その気持ちは山方組のあたしたちにもよくわかるから、こうしてはるばる備中まできたわけで、だれもお武家様のために苦労してるなんて思っちゃいませんよ」

この高梁川の砂鉄の採取行は、刀工のおとしのため、ひいては青江鍛冶の末裔としての矜持《きょうじ》のためでもあるらしい。

「なるほど、よくわかった」久忠はうなずいた。「しかし、おれの気持ちとして礼を言っておこう」

おきんが鉄籠に砂鉄を詰めはじめたころ、おたきが渋い顔をしてもどってきた。久忠と目が合うと、大きく口をへの字に曲げたきり、そっぽをむいて川の流れを睨んでいる。

「どうした、また面倒な連中がいたのか」

と久忠は訊いた。おきんも上目遣いで、おたきの顔色を窺っている。

「いいや、川上にも里があるにはあるけど、それよりめぼしい場所が荒れちまってるのさ。どしゃ降りが二、三日もつづけば、ようすも変わるんだろうけど、あれじゃ一人前採るにも四苦八苦しそうだ」

「やっぱり、あたしも残って手伝おうか」

とおきんが言ったが、おたきは首を横に振った。

「いいや、あんたは言ったとおり、残りの砂鉄を持って帰っておくれ」

「じゃあ、あとのぶんはどうやって？」

「とりあえず、さっき採った砂鉄が乾いたら、街道筋の突き当たりのところに隠しておくから、およしさんに行き合ったら、それを持って行くように伝えておくれ。二十貫には足りないだろうけどしかたがない。それから、しんがりのおうたには、おなじ場所になにも置いてなければ、悪いけど手ぶらで帰っておくれとね」

「わかった。じゃあ、おたきさんもあんまり無理しないでおくれよ」

「大丈夫さ」おたきは笑って、久忠のほうに顎をしゃくった。「無理はぜんぶあいつに押しつけるから」

おきんを見送ると、おたきは久忠に荷造りしておけと指図して、また下流に行った。こんどは半刻ほどでもどり、生乾きの砂鉄を藁袋に詰めると、鉄籠に入れて背負いあげ、上流にむけて出発した。川の合流点を過ぎて、岸辺から木立を抜けて街道筋に出ると、道端の草むらに目印を残して、木立のすこし奥まったあたりに藁袋を隠した。

「さあ、もういっぺん探してみようかね」

おたきはそう言うと、川岸までもどり、ゆっくりと上流に歩きだした。しばらく行くと前方の木立が川まで切り拓かれて、数軒の家影が見えてきた。おたきの言っていた里だろう。おたきは木立が途切れる手前で街道筋に出て、そのまま川上にむけて歩いた。

久忠がいつもどおり距離を取ろうとすると、おたきが歩調を緩めてしゃべりかけてきた。

「この道は、むかし南朝の帝さまが隠岐《おき》に流されるときお通りになったそうだ。だから、あたしらにも多少は縁のある道なのさ。まあ、あんまり目出度い縁でもないけどね」

どうやら後醍醐《ごだいご》帝にまつわる話らしい。おたきにこうした言い伝えを聞かせたのは、先代の山方組差配だという。久忠たちが野宿した烽火台跡のことや高梁川の砂鉄の採取地を教えたのも、おみやというその先代の差配だった。

「あたしらが子供のころは、おみやさんのことを天狗、天狗って呼んでたんだ。それぐらい身が軽くて足腰が達者。そのうえ度胸があって、どんな山奥でも街中でも平気で入っていく。播磨《はりま》まで砂鉄を調べに行ったり、石見からこっそり銀を持ち帰ったり、この高梁川でも下流で男にまじって砂鉄採りをしたそうさ」

川幅の広い下流では砂鉄の採取も規模が大きくなり、大勢の男が浅瀬に長い堰を築いて、浮かべた川舟に砂鉄をすくいあげていく。どんな手づるを握っていたのか、おみやはそういう作業にも加わっていたらしい。

「まあ、あたしらは決して真似するなと言われたけどね」とおたきは言った。「実際、そんなことばかりしていて、おみやさんも命を落としたわけだし」

集落を通り抜けると、おたきはまた木立に入って川岸を歩いた。流れがしだいに細くなり、ときおりくねくねと蛇行する。久忠は採取地のようすを思い起こしながら川面に目を配るのだが、流れの速さや川底の色などに大きなちがいを見つけられない。ただおたきのうしろ姿を見ていると、思わしくないことだけはわかる。

「おたき」と久忠は声をかけた。「ひとつ相談がある。聞く気はあるか？」

「前置きはいいから、さっさとしゃべりな」

「砂鉄のことだが、いま川下で採っている連中から手に入れるわけにはいかないのか」

「なんだい、追い剝ぎの真似をしようってのかい」

おたきが足をとめて、きっと振り返った。

「そうではない、買えないかと訊いているんだ」と久忠は言った。「その連中がたたら場に売るために採っているのなら、交渉しだいでおれたちに売らないものでもないだろう」

「そりゃねえ」とおたきが思案顔になった。「けど、買うと言ったって、そんな銭がどこにあるんだい」

「おれにいくらか持ち合わせがある」

久忠は懐をまさぐり、小さな革袋を出した。川の水に濡れて硬くなった口紐を苦労してほどくと、てのひらにじゃらりと切銀《きりぎん》を出してみせた。

「ざっと二十匁《もんめ》ある。太刀を買うにはとうてい足りないが、砂鉄ならどうにかなるのではないか」

おたきは眉をひそめて覗き込み、ふうんと鼻を鳴らした。

「砂鉄は三十貫一駄に銀三匁の値をつけると、買い手が首をひねるというんだ。それだけあれば足りるだろうけど……」

「うかつに声はかけられんか」

いったん百姓たちと顔を合わせてしまうと、そのあと砂鉄を採るのは難しくなるだろう。話を持ちかけて断られたら、予定の量を諦めるしかない。

「よし、やってみよう」とおたきが言った。「ただし、断られても、力ずくなんてのはなしだからね」

久忠はにが笑いした。

「わかっている。おまえにどやされるのはごめんだからな」

二人は街道筋に出て、下流に引き返した。いましがたの集落を抜けて、砂鉄を隠した木立に採取用の道具を置くと、空の鉄籠を肩にかけて道をたどる。街道筋から川岸は見えないが、二番目の採取地の近くを過ぎたあたりから、道がゆるやかに曲がりながら岸に近づいていき、やがて川幅の狭い場所に土橋が架かっていた。

おたきが橋のうえで足をとめて流れを見おろした。

「うん、やっぱりこっちはいいね」

「川上と川下で、それほどちがうのか」

「日によるし、川のどのあたりかにもよるけどね」

「天地が相手とは、難しいものだな」

「おみやさんはそれでも、ここならまず大丈夫って場所を知ってたんだ。これから行くのも、そのひとつさ。連中がいなけりゃ、明日はそっちに移るつもりだったのに」

川沿いを歩いていくと、これまでと似たような河原が開けたが、おたきは目もくれずに素通りした。そこからまた道はしだいに川を離れ、岸辺の木立と山裾の深い森に左右を挟まれて、里とはちがう荒々しい蟬の声が降りかかってきた。おたきがふいに手振りして、わきの木立に踏み込んだ。久忠はもはや驚きもせず、すんなりとあとにつづいた。

木立を抜けて岸辺に立つと、目のまえに細長い河原が広がっていた。そこに男が六人、三人は川に入って鋤や鍬を使い、三人は河原にあげた砂鉄のわきで寝そべっている。

「あたしが話をつけるから、あんたはここで待ってな。いいかい、これを抱えておとなしくしてるんだよ」

おたきは自分の鉄籠を久忠に押しつけると、土手をおりていった。たいした度胸だ、と久忠は思う。先代の差配のことをおたきはしきりに褒めちぎるが、久忠から見れば、おたきの体力も行動力も十二分に天狗なみだった。

おたきが河原におりて声をかけると、ごろ寝していた男たちが面倒くさそうに身体を起こした。そのまま言葉をかわすと、三人ともに立ちあがり、おたきを取り囲んだ。背丈は男たちのほうが高いが、肩幅はおなじぐらいか、おたきのほうが広く見える。

おたきは物怖《ものお》じもせず、三人の顔を見くらべながら話しはじめたが、途中からは正面の太った男とだけ交渉しているようだった。何度か首を横に振り、やがてうなずくと、男たちの輪を抜けて岸にあがってきた。

「五十貫、六匁で話をつけたよ。足元を見てずいぶん吹っかけてくるから、突っぱねられるだけ突っぱねたけど、背に腹は代えられない。このあたりが手の打ちどころだね」

「さすがだな、おたき。五十貫も手に入るなら、上々の首尾だ」

「じゃあ、連中がよけいな色気を出すまえに、さっさと鉄籠に詰めちまおうじゃないか」

二人は小走りに土手をおりた。男たちのほうも川にいた三人が河原にあがり、勢ぞろいして待ち構えていたが、久忠の帯刀《たいとう》姿を見ると、さすがに警戒心が働いたらしく、さっきのように取り囲もうとはしなかった。

久忠はさっと六人の人相に目を走らせた。ひとのよさそうな男もいれば、疑り深そうな男、ごろつきのような男もいるが、どの顔にも飽きと疲れがにじんでいる。とはいえ、久忠が革袋から切銀を出すと、みながにわかに目を輝かせて手元を見つめてきた。

「銀六匁、たしかに渡したぞ」

久忠はまとめ役らしい太った男に払いをすまし、おたきにうなずいて見せた。

二人が砂鉄を詰めはじめると、男たちはしばらく遠巻きに眺めていたが、女に顎で使われている久忠のようすを見て侮《あなど》る気持ちが生じたらしい。二人のまわりを無遠慮にうろついて、にたにたしたり、へえーっと鉄籠を覗き込んだり、聞こえよがしに軽口を言い合ったり、ついには作業に口出しまでしてきた。

「ああ、こぼれるこぼれる」

「おっと、そりゃ詰め過ぎだろ」

「かまわん、背負えるなら、詰めたいだけ詰めればいいさ」

「いいや、籠の底が抜けちまうぞ」

「ああ、またこぼれた」

二人は黙々と作業をつづけ、それぞれ二十五貫の砂鉄を詰め終えると、鉄籠に蓋して、肩紐に腕を通した。

「さあ、行くよ」

おたきが気合をかけて立ちあがると、男たちが「おおっ!」と歓声をあげた。だがそのすぐあとに、げらげらと笑いだした。久忠が鉄籠を背にしてうずくまったまま、身じろぎもできなかったからだ。歯を喰い縛って満身の力をこめても、鉄籠は半寸と持ちあがらない。里でためしに十貫ばかり背負ったときとは、けたちがいの重さである。

見かねた男のひとりに手助けされて、久忠はようやく立ちあがった。だがすぐには動けず、やっとの思いで一歩踏み出すと、河原の砂に足がめりこんで、つぎの一歩が出ない。山方組差配のおやえに言われたとおりだった。こんなものを背負って高梁川と里を何往復もできるはずがない。

おたきもさすがに重い足どりで土手をのぼっていく。久忠は一歩一歩、太い息を吐きながらあとを追った。岸にあがり、木立を抜けて、街道筋に出る。足元が平らで固くなると、いくらか歩きやすくはなったが、はやくも太腿の肉が強張りはじめている。

「おたき、大丈夫か」

久忠が声をかけると、あきれ笑いが返ってきた。

「だれがだれの心配をしてるんだい」

「なにか歩くこつはないか」

「腕をぶらぶらさせず、前足に重みをかけて、ふだんより小股で歩く」

「そうか、やってみる」

「荷物を置いてきた場所までもどれば、しんがりのおうたに任せるぶんを降ろすから、すこしは楽になる。そこまではなんとか辛抱して歩きな」

「よし、わかった、あそこまでだな」

久忠はいくらか生気を取りもどし、ひと足ごとに力を振り絞った。

傍目には親鳥を追いかける雛のように見えたかもしれない。おたきの背中を見つめて懸命に小股で歩いていると、背後から慌ただしく足音が近づいてきた。

久忠は顔をゆがめて振り返った。さっきの男たちが追いかけてくる。四人は手に鍬を握り締め、あとの二人はうしろから手ぶらでついてきている。

「やっぱり、砂鉄を返してもらう。たたら場に不義理はできないからな！」

太った男が駆け寄るなりわめいた。残りの三人も久忠を囲んで鍬を振りかざし、いまにも打ちかからんばかりに息巻いた。

「それがいやなら、あと銀六匁出しな！」

「そうだ、あと六匁だ。さっさと出しやがれ！」

「この腰抜けが、早くしないと痛い目を見るぞ！」

「わかった……」

久忠はかすれ声で言って、よろよろと鉄籠をおろした。と同時に、腰の太刀を抜き打つと、男たちの持つ鍬の頭がつぎつぎに刎ね飛んだ。

「つぎは、おまえたちの首が飛ぶぞ」

久忠が言い終わるまえに、男たちは背をむけて逃げ出していた。泡を喰った四人が、あとからきた二人を突き飛ばして走っていき、二人はうろたえて右往左往したあと、転がるように四人を追いかけていく。

久忠は太刀を納めると、鉄籠を見おろして、太いため息をついた。

「おたき、すまんが背負うのを手伝ってくれ」

四

吹屋敷のまえに鉄籠を置いて、おたきと別れると、久忠は淡い黄昏色に包まれて、しばらくその場に立ちつくした。

運んできた砂鉄は二人で三十五貫。最初に二十五貫ずつ分担したうちの、おたきが五貫、久忠が十貫、計十五貫を八人目の運搬役に託して、残りを背負ってきたのである。

結局、久忠は十五貫。甘く見るつもりはなかったが、女たちの一人前におよばず、道中でもなにかとおたきの手を借りた。つまるところ往復ともに足手まといい。自分がいなければ、もっと手際よく予定の量の砂鉄を確保できたのではないかとさえ思う。

だがそれでも、久忠はだれより疲れ果てていた。にわかな身体の軽さに感覚がつかめず、ふわふわと雲を踏むような足どりで歩きはじめた。あばら家まで半町足らずの平坦な道が、とほうもない距離に感じられた。

「おお、やっと帰ったか」

戸口を入ると、板の間で寝転んでいた又四郎が弾かれたように立って、ぴょんと土間に飛びおりてきた。

「ああ、帰った」

久忠はぐったりとうなずいた。そして、目のまえの顔を見なおした。又四郎は左頬が赤く腫れ、右目のまわりに生々しい青痣ができている。

「やあ、これか」久忠の視線に気づいて、又四郎は右眉をさすった。「一昨日きた女がやたら手強くてな、乳を吸おうとしたらびんたされ、口を吸おうとしたら、がつんと頭突きを喰らわされた」

「おう、それは……」

災難というべきか、自業自得というべきか、久忠の疲れた頭ではこたえが出せない。

又四郎も久忠の顔から足元までを見なおして、やれやれとため息をついた。

「どうやらこの数日はおたがいろくな目に遭わなかったようだな」

「悪いが、寝るぞ」

久忠は草鞋の紐をとく手も気だるげに、むろん足を濯《すす》ぎもせず、這いずるように板の間にあがった。寝床がわりの筵のうえに横倒しに転がると、瞼を閉じながら言った。

「起きるまで放っておいてくれ。頼む」

「わかった、ゆっくりしろ。どうせたいしてやることはないんだ。もうじき夕飯だが、おれが喰っとくし、そうだ、いい女がきたら、それもおれが代わりに喰ってやろう」

又四郎は軽口をならべたが、久忠の耳にはもはや届いていなかった。返事のかわりに、寝息が聞こえてきた。

翌日の午後遅く、久忠は泥沼のような眠りから覚めた。はじめに感じたのは空腹だが、起きあがろうとすると、たちまち全身の痛みが取ってかわった。

床に手をついて身体を起こし、よろよろと土間におりた。水甕から水を汲んで、一杯は口をすすぎ、つぎの一杯はゆっくり飲んだ。すると急激に空腹感がよみがえってきて、久忠は思わず板の間に目を走らせたが、食べられるものは見あたらなかった。

おたきの家を訪ねてみるか。いや、まず又四郎を探すか。そんなことを考えながらおもてに出ると、はすむかいの家の軒下で雪舟が床几に腰かけて絵筆を執り、又四郎がとなりに立ってしきりに話しかけていた。

「なあ、雪舟殿、おれの見るところ、大内が羽振りいいのも、あと数年だ。じきに隣国の連中に足をすくわれる」

「ほう、さようですか」

「だから頼りにするなら、そろそろほかの大名を探しておくほうがいい」

「では、出雲はどうですかな」

「いや、京極《きょうごく》もだめだ。さきが知れている」

「それは残念な。せっかく、こうしてご縁があったのに」

「出雲なら、まだ守護代のほうが見込みがあるぞ」

「ほほう、さようですか」

「まあ、そう思っているのは、おれだけかもしれんが」

又四郎は笑って、久忠のほうに手を振った。

「海賊殿、ようやくお目覚めだな。頼みどおり放っておいたが、またえらく長々と夜船を漕いでいたじゃないか」

久忠は雪舟に会釈しながら歩み寄り、又四郎の肩を叩いた。

「おかげでよく眠れた。ついでに頼まれてほしいのだが、なにか食べるものはないか」

「やっ、これはいかん。おたきが貴公のぶんと言って置いていった握り飯、さっきおれが喰ってしまった」

「そんなことだろうと思った」

「よし、いまから行って、もう一度こしらえてもらってくる」

「それはありがたいが、おたきがそんな甘い顔を見せてくれるかな」

「おたきは無理でも、おさとなら握り飯の一個や二個はなんとかしてくれるだろう」

「おさと？」

「おたきの娘さ」

「ああ、あの……」

久忠は眉をひそめた。高梁川からの帰路、たたら場跡で野宿したときのことを思い出している。

「あの山中って侍は、どんなひとだい？」焚火を見ながら、おたきが訊いた。「軽薄なのか、利口なのか、あたしにはよくわからないんだ」

「どうだろう、おれも知り合って日が浅いからな」と久忠は言った。「娘のことが心配なのか？　なにやら腹を立てているようにも見えたが」

「べつに怒っちゃいないさ。あんたらが白羽の矢を立てたわけじゃないし、八岐大蛇に人《ひと》身御供《みごくう》に出したわけでもないからね。ただ、あんたらみたいに里に長居する男はめずらしい。それがあの子にとっていいことなのかどうか、ちょっと気になるだけさ」

おたきはそう言いながら、いつになく気弱な表情を見せたのだ。

「おぬし、ことがすんだあとも、娘と会っているのか？」

と久忠は訊いた。すると、又四郎が肩を寄せて、耳元にささやいてきた。

「そういうわけじゃないが、おれがはじめての男で、ゆくゆくはおれの子を産むかもしれんのだ。ちょっとぐらい親切にしてくれてもおかしくなかろう」

「おい、いまの言葉、冗談でもおたきの耳には入れるなよ。でないと、左目にも大きな痣ができるぞ」

「はっは、ちがいない」又四郎は笑って、「雪舟殿、失敬した」と声をかけ、「じゃあ、そういうことでとにかく行ってみる」

又四郎が足どり軽く立ち去ると、雪舟が笑みを浮かべてつぶやいた。

「面白い若者ですな」

「面白いが、よくわからんやつです」

「そこがよい」と雪舟は言った。「これから、もっと面白くなりそうな気がする。将来が楽しみですな」

「そういえば、一度きりの生涯を面白く駆け抜けると言っていました」

「なるほど、ひとの生涯は一度きり。どうあがいても二度とは繰り返さず、どれだけ悔やんでもやりなおせない。面白く駆け抜けるのも、また立派な一生でしょうな」

雪舟は目を細めて、又四郎が立ち去ったほうを見やった。

「しかしまた、ひとの生涯は来る日も来る日もおなじことの繰り返し。それはもう飽き飽きするほどに。そして二度とやるまいと悔いても、おなじあやまちを三度、四度と繰り返す。いや、じつに難しいものですな」

たしかに、人生は一度きりでもあり、おなじ毎日の繰り返しでもある。そのどちらの面に軸足を乗せるかで、ひとの生きようは変わるのかもしれない。

「雪舟殿はいかがですか。一度きりの波乱に富んだ道を歩んでこられたのでは？」

「どうでしょうな。わたしはずっとおなじ道を歩いているだけだが」

「では、おれはどう見えますか」

「はて……」と雪舟は首をかしげた。「ちと話は変わりますが、こんど貴殿の剣術を見せてはもらえませんかな」

「それはもちろん、太刀を振って見せるぐらいなら、いくらでもできますが」

「なんでも、野盗退治のときには、凄まじい戦いぶりであったとか。わたしはあの場にいながら、手も足も出ず、なにも見ていなかった。貴殿の技を一度じっくりと拝見して、できれば絵にしてみたい」

「いや、見せるほどの技はありません。まして絵にするなど」

久忠は困り顔で首筋をさすった。

「おや、あの娘は、たしか……」

と雪舟が道に目をむけた。すると、通りすがりの女が足をとめて、ていねいに頭をさげた。おきちだった。ていねいすぎるから、薪でいっぱいの背負子《しょいこ》が傾いて危うく見える。

久忠は鉄籠の重みを思い出して、とっさに駆け寄った。だがおきちは苦もなく身体を起こし、目のまえに立つ久忠の顔を驚いたように見あげた。

「いや、なに、いまちょうど野盗退治の話をしていたところだ」ばつの悪さに、久忠は早口になった。「おまえは、あれか、吹屋敷に行くところか?」

「はい、明日から炉に火を入れるので、その支度です」

「そうか、いよいよか」

「ようすをご覧になりますか」

「かまわんのか? ならば、ぜひ見せてもらおう」久忠は目を輝かせて、雪舟に振りむいた。「こう言ってくれているので、吹屋敷を見物してきます。そのあいだに又四郎が握り飯を持ってもどったら、こんどは喰わずに置いておけと言ってやってもらえますか」

「心得ました」と雪舟が気さくにうなずいた。「わたしもさっき見物させてもらって、いまこうして絵を描いているところです」

久忠はおきちのあとについて吹屋敷にむかった。この里にきてから女のうしろを歩くのがすっかり癖になってしまったようだ。

「内洗いは、もうすんだのか」

と久忠は訊いた。川で採取した砂鉄は使うまえに里でもう一度洗いなおす。これを内洗いと呼び、吹屋敷の奥に敷かれた水路には専用の洗い場があるという。

「はい、昨日のうちにすべてすまして、いまは乾かしています」

おきちが足をとめて振りむき、またていねいにこたえた。

吹屋敷は戸口が半開きになっており、近づくとむっと熱い空気が流れ寄せてきた。なかに入ると、たちまち顔に汗がにじんだ。新たに築いた炉で薪を焚いて乾燥させているのだ。薪は炉の周囲でも焚かれ、ぱちぱちと火の粉が散っている。

「熱いな」

久忠がつぶやくと、おきちが小声で言った。

「はい。けれど炉に火が入ると、こんなものじゃありません」

壁際にはたたら組の女たちがいて、おまさの姿も見えた。わきにいるのは里長ではなく、恰幅のいい年輩の女で、その女が全体の指図をしているようだ。

「では、これで」

おきちが頭をさげて仲間のもとにいき、久忠はしばらく作業を眺めておもてに出た。熱気と空腹にちょっと足元がふらついた。

顎を伝う汗を拭いながら、あばら家のほうに引き返していくと、気づいた雪舟が絵筆をあげて三角を描き、にっこりと笑った。そして、すぐまた画帳に目をもどした。

どうやら又四郎が無事に握り飯を手に入れてきたらしい。久忠は無言で雪舟に一礼して、あばら家の戸口にむかおうとした。ところが、その戸口にひと足早く女が入っていったのだ。世話係のおたきやおもとではなく、はじめて見る女である。

「む、むっ……」

久忠は唸った。手が届くところまできていた握り飯が、いっきに遠退いた気がしている。恐るおそる戸口に近づいた。戸板が閉めてあれば、そこの道端で空き腹を抱えて又四郎の房事が終わるのを待つしかない。

だがさいわいにも戸口は開いていた。ほっと胸を撫でおろして、なかを覗くと、小肥りの女の背中が見えた。女は土間に立って、板の間にいる又四郎になにか手渡すと、その手をしきりに着物の腰のあたりで拭っている。なにかよほどに緊張しているらしい。

久忠がなかに入ると、又四郎が女越しに声をかけてきた。

「おう、握り飯があるぞ。白い米の握り飯だ」

女がぎょっと振りむいて、久忠を見た。狼狽《ろうばい》ぎみに又四郎に目をもどすと、声をうわずらせて言った。

「それじゃ、あとで返事をおくれ。それでよけりゃ、つぎは長いのを打つから」

「わかった、たしかめておく」

又四郎が言って、受け取った品を軽く持ちあげて見せた。

女は二人にいそがしく辞儀をして、そそくさと戸口を出て行った。

「あれは、おつね。おれの刀鍛冶の相棒だ」と又四郎が言った。「てっきりやる気がないものと思っていたが、ためしに小刀を打ったから見てくれと持ってきたんだ」

「ほう、小刀を」

久忠は言いながら、気持ちは握り飯にむかっている。板の間にあがると、木皿に三つならぶ白米の握り飯のひとつをつかんだ。

「さっそくもらうぞ」

「おう、遠慮なくいってくれ」

又四郎は手振りで勧めると、どれどれとつぶやきながら白木の鞘から小刀を抜いた。近づけたり離したり、立てたり寝かしたり、ためつすがめつして、ふうんと息をついた。

「これで里一番の未熟者の作なら、たいしたものだ。貴公はどう思う?」

久忠はちらりと見てうなずき、まずまずだなと言った。

「いや、これはいいぞ。これなら最高の数打物が手に入る」

「気に入ったのなら、よかったではないか」

久忠はそう言って、二個目の握り飯にかぶりついた。

「で、そっちはどうだ？」

「ん？」

「美味いだろ、おれの新妻がこしらえた握り飯は」

「うっ」

久忠は喉が詰まり、どんどんと胸を叩いた。土間におりて水を飲むと、顔をしかめて振りむいた。

「おまえ、そんなことを言っていると、本当におたきに殴り殺されるぞ」

「そう言えば、里からの帰り道はわかったか？」と又四郎が言った。「せっかく里の外に出たんだ。貴公のことだから、油断なく道をたしかめてきたんだろう」

「いや、行きは目隠しされたし、帰りは疲れてそれどころではなかった」

久忠は首を振った。実際、山道に入ってからは、ときおり目をあげておたきの背中をたしかめるだけで、あとはずっと足元を見て歩いていたのだ。

「そうか、里長の婆さんはそこまで見越して、貴公を同行させたんだな」

「ああ、情けないが、そうにちがいない」

又四郎は小刀の刃を睨んで、むっつりと言った。

「どうも気に入らん。すべてあの婆さんの掌《たなごころ》のうえという気がする」

火《か》花《か》

一

たたらはいったん火を入れると四日四晩のあいだ炭と砂鉄を燃やしつづけるという。里ではこの一度の操業を一代《ひとよ》と呼んでいた。

作業にあたるのは、責任者の村下《むらげ》、補佐役の炭坂《すみさか》、炉に炭をくべる炭焚《すみたき》が二人、雑用を受け持つ小廻《こまわ》りが二人、鞴を踏む番子《ばんこ》が四人ずつ交替で八人。計十四人が吹屋敷にこもり、一代のあいだ昼夜をわかたず働きつづけるのである。

操業の初日、未明に集合した一同が金屋子神に拝礼するうちに、真っ白な霧が里を覆いつくした。村下のおきぬはおもてに出て霧の厚みをたしかめると、たたら場にもどり、全員の顔を見まわして、浅くゆっくりとうなずいた。ぴんと空気が張り詰めた。

たたら組の村下の筆頭は里長のおふくだが、高齢と視力の低下のために、この十数年は二番手のおきぬが操業を取りしきっているという。おきぬは炭坂として三十年余りおふくの補佐をつとめ、村下に昇格したときには、すでに組仲間から全幅の信頼を寄せられていた。おまさを後任に選んで炭坂の技を伝えたのも、おきぬであるという。

久忠と雪舟が片隅から見ていると、炭焚と小廻りが竹箕を手にして炭置場と炉をいそがしく往復し、炉の上端近くまで大量の炭を投入していった。炉の底には乾燥用の薪の熾火《おきび》が残っている。掛け声とともに番子が鞴を踏みはじめると、その熾火が炭に燃え移り、やがてごうっごうっと炎が唸りだした。

火勢はまだ炉の上端には届いていないが、鞴に合わせて炭の隙間から火の粉が舞いあがる。天井に昇る熱気が、屋根裏から壁伝いに降りてきて、久忠は温度の上昇を肌に感じた。だが炉を見守る村下は表情を変えず、番子たちも平然と鞴を踏んでいる。

しだいに火勢が強まり、ちろちろと炎が炉から舌を出しはじめた。かと思うと、いっきに赤黒い火炎が噴きあがった。村下はまだ動かない。腕組みして火炎を見つめている。急激に炉の温度があがり、壁際にいても頬を焼かれるようだ。久忠はじりじりと手にも顔にも汗がにじんだ。

やがて村下が腕組みをとき、炭坂と炭焚に合図した。久忠には見えない火炎の変化を、村下の目が見きわめたのだ。炭焚がすかさず竹箕で炭をすくい、ざらざらと炉にくべていく。つづいて村下と炭坂が、それぞれ鋤一杯の砂鉄を入れた。どちらも一度に放り込むのではなく、炭は炉内の壁際に入れ、砂鉄は壁から五寸ほど離して、さあっと線を引くように流し入れている。

村下は四半刻ほど待って、つぎの合図を出し、炭につづいて砂鉄を二杯ずつ投入した。壁際まで火の粉が舞うなか、炉の周囲はどれほどの熱さだろう。炭焚も村下たちも激しく揺れる火炎に手を炙《あぶ》られながらの作業に見える。四半刻ほどして、三度目の炭が入り、砂鉄が三杯ずつ投入されると、久忠の目にも火炎の勢いと色が変化したように見えた。

ここからは半刻ごとに炭と砂鉄を入れていくが、その間合いや量は村下が火勢や鉄の状態をたしかめて加減するという。このとき送風管の継目に開けた穴から灼熱の炉内を覗くのだが、村下の目はこれを繰り返すことで徐々に視力を奪われていくのである。

番子が交替して、おきちが持ち場についた。本来ならそこにおせいの姿もあるはずだが、いまは足首の怪我で働けない。家でひとりじっと膝を抱えてうつむいているおせいの横顔が目に浮かんでくる。あの左足は鞴を踏みつづけて逞しくなったにちがいない。

「どうでしょう、一度外の空気を吸いませんか」

久忠が耳打ちすると、雪舟は細めた目をしばたたいてうなずいた。

吹屋敷を出ると、真夏の蒸暑い空気が肌にひんやりと感じられた。雪舟が手拭いで額の汗を押さえながら、戸口を見返して、ふうと長い息をついた。

「じつに興味深いが、年寄りにはなかなかこたえる。見物しているだけでこんなことを言うと叱られそうだが……」

「いや、同様です」と久忠は言った。「ひきかえて、女たちの逞しさときたら、まったく感心するほかありません」

「さよう、ここにいると男だ女だと分け隔てしてものを考えるのが、ときにばかばかしく思えてきますな。つまるところ、男にできぬことも、女にできぬことも、ひとつずつしかないのかもしれない。そして、そのひとつは男女が補い合うことで、ようやく実りがもたらされる」

「このあとの作業がどうなるか、雪舟殿は聞いていますか？」

「おふく殿の話では、最初の砂鉄を入れてから二刻ほどして、鉄滓《のろ》という澱《おり》のようなものを一度炉から流し出すそうです。そして、夕方ごろからいよいよ鉄を流し取りはじめる。鋼にするまえの銑《ずく》という鉄だそうですが、わたしはつぎはこれを見にこようかと思っています」

「なるほど」と久忠は吹屋敷を見やった。「そうすると、まずはいまから一刻ほどあと、つぎは夕方に動きがあると」

「どうですかな、それまで貴殿の剣術を見せてもらうというのは？」

「ああ、昨日言っていた」

「半刻ばかり時間をもらえるとありがたいが」

「では、そうしましょう」

二人は吹屋敷のまえを離れて、小川のほうに歩いた。たたら場に遠慮するのか、今日は刀工たちの槌音が低い。もしかすると村下は目だけでなく、耳も使って火や鉄の状態をたしかめるのかもしれない。二人は当て推量を言い合いながら、このまえ雪舟が写生をしていた、川沿いの開けた場所まできた。

雪舟は切株に腰かけて画帳を出したが、閉じたまま膝に置いて久忠に目をむけた。

久忠は十分に雪舟と距離を取り、周囲に人影がないのをたしかめると、ゆったりと立って、呼吸をととのえた。腰の太刀を抜き、両手で柄を握ると、やや身体に引きつけるようにして、右半身の中段に構えた。

「では、正面の敵を斬ります」

言いおいて、すっと左前方に踏み込みながら切先を下段にひるがえし、右斜めしたから左斜めうえへと片手で斬りあげた。

振りむくと、また太刀を引きつけて右半身の中段に構えた。

「つぎは、前後の敵」

久忠は言うなり左前方に踏み込んだが、その瞬間に身体をひるがえして大きくうしろに跳び、低く着地した体勢から伸びあがるように横一閃して、そのまま右前方に踏み込みながら左に身体をひねり、さっと縦に斬りおろした。

「つぎは、四方の敵」

久忠はむきなおると、こんどは左半身で中段に構えた。そして切先を右斜めに傾けると、やはりまっさきに背後の敵を斬り、右の敵の斬撃《ざんげき》を捌いて、左の敵のほうに突き飛ばすと、前方の敵の小手と首筋を斬り、つづいて右の敵、左の敵と斬り捨てた。

雪舟は身じろぎもせず、久忠の動きに目を凝らしている。燕が低く飛んで膝先をすり抜けたが、まばたきすらしない。

「つぎは、八方の敵」

久忠はそう言うと、右片手で太刀を下段にさげて、構えという構えを取らず、いきなり縦横に動きだした。めまぐるしく身体をひるがえしては、跳び、走り、斬り、つかみ、投げ、蹴り、突き、八人の敵をすべて屠《ほふ》ると、雪舟がようやく声を洩らした。

「いや、これは――」言いかけて、こうべを左右に揺らし、笑みを浮かべた。「見たこともない、じつにふしぎな動きですな」

「そうですか。べつに奇を衒《てら》っているわけではないのですが」

久忠は太刀を納めて、雪舟に歩み寄った。

「いや、これは言い方が悪かった」と雪舟は額をさすり、「わたしの知人にも剣の達者、槍の達者といわれるひとたちがいて、何度か技を見せてもらったこともありますが、そのどれにも似ていない。それでつい、ふしぎなと」

「揺れる船のうえでしぜんと身についた動きです。陸《おか》で修行したひとの身ごなしとは、どこかちがっているのかもしれません」

「ほう、では、だれか剣術の師について学んだことは?」

「ありません」

「失礼だが」と雪舟が訊いた。「仕合で負けたことは?」

「いや」と久忠は苦笑した。「じつは剣術の仕合というものをしたことがありません。この十年、太刀を揮うのは生きるか死ぬかの場ばかりでした」

「なるほど、ひたすら実戦で鍛えた技であると……」

雪舟は手元に目を落とし、画帳の表紙に指でなにかをなぞった。

「絵を描くときに、そういうことが関わりますか」

「ものには、それを形づくることわりがありますからな」

「ことわり？」

「さよう、ことわりがものを形づくる、とも言えますな。たとえば、貴殿の太刀も、この小川のさざ波も、空に浮かぶ霧も、すべてはことわりが形となったものです」

「……」

「唐物の山水画にあるような、一見、道理にかなわぬ奇怪な形をした岩山も、やはりそこにはその岩山を形づくることわりがある。それがことわりに拠らず、やみくもに積んだ石の柱のようなものなら、たちまち崩れてなくなってしまいます」

「いやあ」と久忠は曖昧に微笑んだ。「正直、お話はよくわからないが、それが絵に関わるわけですか」

「まあ、関わるような、関わらぬような」

と雪舟が首をかしげたとき、久忠の目の隅で赤いものがちらと動いた。道のさきの家陰から、おさよがこちらを見ている。

「ああ、またあの子だ。雪舟殿、ずいぶんなつかれていますな」

「わたしというより、絵が気になるようです。家でも画帳を見せてやると、一所懸命に真似をして描いていています」

「ほう、それはまたかわいい弟子ができましたな」

久忠が言うと、雪舟はさみしげにおさよのほうを見やった。

「ただ残念なことに、あの子は景色は描いても、ひとは決して描かない。あの幼さでひとの温もりを覚えるまえに、ひとの冷たさばかり知ってしまったようです」

久忠も道のさきに目をむけた。すると、おさよがさっと家陰に身体をひっこめてしまう。望まれればもうすこし太刀筋を見せるつもりでいたが、ここにいるとせっかくの弟子の修業をじゃましているようだ。

「では、そろそろたたら場にもどります」

「はい、わたしは夕方に行くとしましょう」

雪舟と別れると、久忠はすぐには吹屋敷にむかわず、おとしの家に足をむけた。これまで遠慮していたが、やはり里一番の刀工の仕事場を見てみたい。たたら場で働く女たちの姿を見て、そういう気持ちに火がついたようだ。

小川沿いに引き返して、吹屋敷と逆方向に道を曲がり、角に納屋と山椒の木が立つ十字路を右に折れた。道端を流れる水路から、田圃に水が引かれている。里はあちこち見てまわったが、おとしの家を避けていたせいで、この道は歩いたことがない。

田圃のむこうの家から、ふたつの槌音が響いてきた。ひとつは高く鋭く、ひとつは重く強い。家のまえに立つと、戸口は開け放たれていたが、久忠は声をかけることも、黙って入ることも、やはりできかねた。家の横手にまわり、格子窓を見つけた。息をひそめて、そっと顔を近づけた。

　おとしの姿が見えた。重厚な鉄の金敷《かなしき》のまえに坐り、右手に小槌、左手に灼熱した鋼をのせた長い鉄の棒を握っている。おとしの左横には炭がいっぱいに熾る火床《ほど》。金敷のむこう側には、もうひとり刀工が立って大槌を構えている。そして、おとしが小槌を鋭く打つと、もうひとりが大槌を振りおろす。重い槌音とともに、激しく火花が飛び散った。おとしが鉄棒をくるりと返し、小槌で鋼と金敷を打つと、また大槌が振りおろされて火花が散る。鋼が返されるたびに槌音が響き、久忠の瞳に真っ赤な光の粒が焼きつく。

　やがて小槌が金敷を二度打ち鳴らし、大槌の動きがとまった。おとしは鋼を金敷からおろして、真っ黒な藁灰と黄土色の泥水をかけ、火床に入れる。手押しの鞴で風を送り込むと、ごうごうと炭が火を噴いて鋼を沸かす。大槌を持つ刀工が息をととのえるあいだも、おとしの顔には一瞬の弛《ゆる》みすらよぎることがない。

　ほとんど白く見えるほど灼熱した鋼を火床から引き出すと、おとしは金敷のうえに鋼をもどしつつ、右手に藁を束ねた箒《ほうき》を持った。藁箒を水に濡らして、とんと鉄棒を叩くと、大槌が鋼に振りおろされる。すると、火花とともに黒い汚れが浮きあがり、おとしはそれを藁箒で素早く払い落とす。そして藁箒を斧のように柄のついた鏨《たがね》に持ちかえると、その刃を鋼の中央に据えた。

すかさず大槌が振りおろされ、鏨の刃が鋼に喰い込む。おとしは鏨を何度か動かして、横一文字の溝を刻んでいく。赤黄色く沸いた鋼は飴のように柔らかく見えて、溶けてはいない。鉄の硬さを芯に残している。大槌がまた動きをとめ、おとしは鏨を小槌に持ちかえた。鉄棒をくるくると返しながら、鋼を打って折り曲げていき、ぴたりと二つに重ね合わせると、ふたたび大槌と交互に鍛えはじめる。

すべて無言。手振りや目配せもほとんどない、槌音だけが響き合う作業である。

久忠はそっと格子窓から離れた。道にもどると、ようやくひそめていた息をついた。槌音を背にたたずみ、なにを見るでもなく、じっと遠くを見つめた。

二

吹屋敷に行くと、屋内は一刻まえとは比較にならない猛烈な熱気に満たされていた。思わず眉をひそめて見まわすと、すでに炉のまえで動きが起きていた。村下が柄の長い道具を手にしてうずくまり、排出口を塞ぐ粘土を突き開けているのだ。

燃え盛る炎と舞い散る火の粉に、村下の顔にも汗がにじんでいる。ふいにその顔があかあかと照らしあげられた。排出口から黄白色に発光する溶岩のようなものが、どろどろと流れ出てきた。それが鉄滓《のろ》なのだろう。鉄よりも軽いために、炉の底に鉄を残してさきに流れ出るのだという。

村下が最初にひとすくいだけ鉄滓を取り分け、あとは炭坂と二人で炉のまえから掻き出していく。炭焚と小廻りが、そのようすを喰い入るように見つめている。やがて鉄滓の流れが細くなると、村下が排出口を塞ぎ、冷めた最初のひとすくいを神棚に供えた。

久忠はその所作を眺めて、たたら場をあとにした。

あばら家までもどり、裏手の水路で手拭いを絞って、顔や身体の汗を拭いた。肌の火照りがおさまり、ひと息ついて家に入ると、又四郎の姿がない。どこかぶらついているのだろう。たたら場の見物に誘ったが、又四郎は暑苦しいのはかなわんと断ったのだ。

久忠は板の間にあがり、渋い顔で胡坐をかいた。近ごろ又四郎はおたきの家に入り浸っている節がある。いまもまたおさととかいう娘を冷やかしているかもしれない。おかしな真似をして、おたきに見咎められなければいいが。そんなことを考えるうちに、壁にもたれてうたた寝したらしい。気がつくと、となりで又四郎が壁に足を立てかけて逆立ちしていた。

「おう、起きたか。貴公が居眠りするとはめずらしい。まだ砂鉄採りの疲れが取れていないようだな」

又四郎は右目のまわりの痣がどす黒くなり、当人は痛みがましになったと言うが、見た目はいちだんと痛々しい。

「おぬしに忍び寄られるとは、たしかに不覚を取った」

と久忠は壁から身体を起こした。

「そうだ、おれのように万事抜け目なく生きねばならん」

又四郎は壁を蹴って足をおろすと、転がるようにごろんと尻をついて、そのまま胡坐をかいた。小指で鼻の穴をほじり、取れた茶色い塊を土間のほうに弾き飛ばした。

「いまは何刻ごろだ?」

と久忠は訊いた。

「さあ、ここは日がぼんやりとしか見えんから、たしかなことはわからんが、もうぼつぼつ申《さる》の刻(午後四時)あたりじゃないか」

「そうか。では、もう一度吹屋敷に行ってくる。そろそろ最初の鉄を流し取る時分かもしれん」

久忠が言いながら、おもてのようすを見ようと戸口に目をむけると、道に人影が動いた。見たことのある小肥りの輪郭である。入ってきたのは、刀工のおつねだった。

「どうした、昨日の今日で、もう刀ができたのか」

又四郎が膝を浮かして、胡坐のままくるんと土間にむきなおった。

「はい、これ」

おつねが板の間のへりまできて、白鞘の刀を差し出した。

「おお、早いな」と又四郎は揉み手をして、「よしよし、数打物はこうでなくちゃいかん」

「柄は大丈夫だけど、鞘は造りが悪いから気をつけて」

「そういえば、鞘や柄は刀鍛冶が片手間で作っていると言っていたな」

「なかには器用なひともいるけど、あたしは苦手でね」

「おい、又四郎。たたら場を見に行くが、おまえは本当にいいんだな」

久忠が声をかけて、立ちあがろうとすると、おつねが呼びとめた。

「ちょっと待っておくれ。二人に話があるんだ」

昨日のおどおどした態度とちがい、なにか切迫したようなものが感じられる。

「聞いてのとおり、いまから吹屋敷に行く。明日にできないか」

「頼むよ、いまじゃなくちゃだめなんだ」

おつねは言って、戸口のほうを見返し、また久忠に目をもどした。

「海賊殿、おれの相棒がこう言ってるんだ。いっとき辛抱して聞いてやってくれよ」

又四郎が取りなして、「手短にな」とおつねに言った。

「わかった。それなら、聞かせてくれ」

久忠が坐りなおすと、おつねはもう一度戸口を見返して、しつこいぐらいにようすを窺い、ようやく板の間のへりに腰をおろした。二人のほうに身を乗り出すと、声をひそめて早口に言った。

「あんたたち、あたしを連れて、この里から逃げておくれ」

「逃げる？」

久忠と又四郎が、同時に訊き返した。

「そう、逃げる」とおつねはうなずいて、「道案内は、あたしがするからさ」

「待て、待て」と又四郎が手振りで抑えた。「おまえはこの里から出て行きたいのか？」

「だから、そう言ってるだろ」

「なら、どうしてひとりで逃げない？　べつに檻に入れられているわけでなし、おれたちに頼まなくても、いつでも好きなときに逃げられるだろう」

「たしかにな」と久忠も言った。「ひそかに里を出るのが難しければ、市に物売りに出たときにでも逐電すればいい。なにもおれたちを巻き込むことはなかろう」

「だめさ、あたしみたいに身重の者は、子を産むまで里から出られないんだ」とおつねは言った。「そりゃ、こっそり抜け出すことはできなくもないけど――」

「ほら、見ろ」と又四郎が顎をしゃくって、「やっぱり、ひとりで逃げりゃいい」

「ちゃんと話を聞いておくれよ」おつねはひそめた声に力をこめた。「いいかい、あたしひとりで逃げたとして、そのあとどこでどうやって暮らしていくのさ。里の外に知り合いなんてひとりもいない。世間のこともよくわからない。ろくに字も読めない。無一文の女刀鍛冶だよ。これじゃ、この子と一緒にたちまち路頭に迷っちまう」

おつねは腹をさすると、さらに身を乗り出した。

「だから、あんたらには、あたしを連れて逃げて、そのあと暮らしが立つように世話してほしいんだ」

「おいおい」と又四郎が目を丸くした。「相棒とはいえ、それはちょっと厚かましい頼みじゃないか。刀の代金は野盗退治で払ってあるし、なんでおれたちがおまえひとりにそこまでしなくちゃならんのだ」

「そりゃ、あたしが、あんたらの命を助けるからさ」

「命を？」

久忠と又四郎の声がまた重なった。

「あんたら、里長に注文をつけられて、里の女に子種を付けろって言われてるだろ？」

「ああ、六人ずつな」

と又四郎がうなずいて、ちょっぴり鼻のしたを伸ばしたが、おつねはその鼻のしたが縮みあがるようなことを言った。

「じゃあ、その六人に種付けしたら、あんたらはもう用済み。すぐに殺されちまうよ。お武家様だから、寝首を掻くより、きっと毒を盛られるね」

「毒？」

と又四郎が絶句する。

「そうさ、この里の女は先祖代々、男に毒を盛るのが得意だからね」とおつねは言って、はたと膝を打った。「そうだ、そのときはあのお坊さんもついでにお陀仏だね。あんたら仲がいいなら、あのお坊さんも一緒に逃げればいいよ」

「どうも、にわかには信じがたい話だな」と久忠は言った。「たしかに里長には便利に使われてる気がするが、それでもさすがにそこまで酷薄なことはせんだろう」

「そうだ、種付けがすんだら毒殺だなんて、馬よりひどいあつかいだぞ」又四郎も腕組みして、おつねの顔を見なおした。「おまえ、おれたちを怖がらせて、うまく利用しようとしているな」

「ちがうよ、これはほんとのことなんだ」とおつねは小声で言い募った。「あたしは生きて里から出て行った男を二人しか知らないけど、その男たちだって無事に家に帰れたはずがない。途中で崖っぷちにでも道案内されて、どんと突き飛ばされて終わりさ」

「しかし、見たわけではないのだろ」

「見なくてもわかる。ここはそんな甘いところじゃないんだ。でなくて、どうやって百年もひとに知られず暮らしてられるのさ」

「待ってくれ、ちょっと考える」

と又四郎が言い、久忠と顔を見合わせた。

「この話、まんざらでたらめでもない気がしてきたぞ」

「うむ、たしかに……」

「ほら、世話係のおもとが物騒なことを言ってたろ。里を出て行った男はみんな口が堅いとか、そうでなけりゃ行き倒れや行方知れずになるとか。あのときは冗談かと思ったが、あれは本当の話をしていたのかもしれん」

「出て行った男の口が堅いというのは、死人に口なしということか」

「それだ！　うん、考えてみると、ほかにもいくつか思い当たる節がある」

又四郎がおつねに目をもどした。

「おまえの話が本当だとして、しかし、そもそもおまえはどうしてこの里から逃げたいんだ？」

「そりゃ、この子を守るためさ」

とおつねがまた腹をさすった。

「どういうことだ？」

「この里で生まれていいのは女だけ。男が生まれたときは、その場で間引くんだ」

「なに？」久忠は耳を疑った。「いや、男児が生まれたら、寺にあずけたり、里子に出すと聞いたぞ」

「どこにそんな都合のいい寺があるんだい？　どうして里親なんて余所者とわざわざ関わるんだい？　言ってるだろ、そんな甘いことをしてたら、この里はとっくに世間に知れ渡っちまってるよ」

「言うことはわかるが、しかし、あのおたきやおもとたちが、そんな酷いことをするとは……」

「もちろん、だれも喜んでやってることじゃない。けど、ほんとのことさ。里のあちこちに地蔵があるだろ。あれはたいてい間引かれた男の子の供養のためなんだ」

「……………」

「信じておくれよ」おつねが手を合わせて拝んだ。「そうだ、おさよは知ってるかい？あの子の母親は二度も赤ん坊を間引かれて、産婆をしていたおもとさんの家に火をつけようとしたんだ」

「おさよの母が掟を破って命を落としたというのは、そのことか？」

「そうさ、付け火は死罪。それどころか、火事を出しても、この里では死罪だからね」

「それで、おさよも咎人あつかいか」

久忠はつぶやいて、険しく眉根を寄せた。放火が死罪になるのは重すぎる罰とは言えないが、幼子にまでその罪を負わせねばならないものか。

「あたしはこの齢になって、ようやく子を授かったんだ。男でも女でも、生まれてきた赤ん坊はちゃんと育ててやりたい」おつねは又四郎に目をもどすと、胡坐の膝に両手をかけて揺すった。「頼むよ。逃げるなら、里がたたらにかかりきりになってる、いましかないんだ」

三

雪舟は話を聞き終えると、かたわらにたたずむ地蔵を見やり、瞼を閉じて口中で呪《じゅ》を唱えた。

「わかりました」と久忠を見あげて言った。「そういうことなら、わたしもご一緒にさせてもらいましょう」

久忠はまた周囲に目を配った。背中に視線らしきものを感じたのだ。

里長の家に近い、見晴らしのいい場所である。前後を茄子や南瓜《かぼちゃ》、チシャの畑に挟まれ、左右に細い道がのびている。雪舟はこの道の真ん中に立つ桜の木陰に床几を据えて、里のはずれの景色を写生していた。

桜の周囲は道が丸く膨らみ、串に団子をひとつ刺したように見えるからだろう、雪舟の居場所を教えてくれた女は、団子道の桜のしたで見ましたよ、と言った。その団子の隅には、小さくて彫りの拙《つたな》い地蔵がぽつんと立っている。

「では、明日の未明、迎えに行きます」

「はい、よしなにお願いします」

雪舟はうなずくでもなく、画帳に視線を落とした。

四日四晩にわたるたたらの操業にはいくつかの節目があるという。久忠たちが昨日見た初日の一昼夜をコモリ、二日目の一昼夜をノボリ、三日目からの一昼夜半をクダリ、最後の夜を大クダリと呼んで、節目ごとに炉に砂鉄を入れる回数や炉から鉄を流す間隔などを変えていくのである。

刀工のおつねによると、里長のおふくはいま操業の開始や締め括りには、決してたたら場に顔を出さないらしい。現場を指揮する村下のおきぬや、おきぬを信頼して働く組仲間への配慮である。ただ一度、操業の折り返しであるノボリからクダリにまたがる半日だけ、おふくは吹屋敷にこもって仲間とともに汗を流すという。

雪舟が夜分に里長の家から抜け出すには、このときを狙うしかなかった。

「雪舟殿、どうされました」と久忠は訊いた。「もしや、なにか心残りなことでも?」

「正直、もうすこしここに居たいが、むろん命と引き換えにはできません。ただそう言っていられるのも、もとをたどればおふく殿が貴殿らに野盗退治を頼んだから。挨拶もせずに出奔するのは、いささか気が引けますな」

「お気持ちはわかりますが、くれぐれも里長には気取られないよう用心してください。あの御仁はまったく油断がなりません」

「ふむ、さようでしょうな」と雪舟は苦笑して、「しかし、心残りといえば、愛洲殿のほうがよほどに大きな心残りがあるのではないですか」

「正直、そのとおりです」と久忠は嘆息した。「とはいえ、やはり命と引き換えにはできません」

念願の太刀があと幾日か待つだけで手に入るかもしれないのだ。いま里を立ち去るのはまさしくうしろ髪を引かれる思いだった。

「では、そろそろたたら場を見物してきます。雪舟殿もふだんどおりに過ごして、明日は荷物を小さく、足拵えをしっかりと願います」

「心得ました」と雪舟はうなずいた。「いやはや、貴殿に命を救われるのは、これで二度目ですな」

吹屋敷に行くと、陽炎《かげろう》のように建物が揺らいで見えた。久忠は早くも熱気に包まれて戸口を入った。昨日とおなじ片隅の壁際に立つと、深く息を吸い込んで胃の腑にわだかまる感情を抑えた。

昨日とちがうのは、むろん久忠の胸中だけではなかった。炉から噴きあがる火炎が赤味がかった色から黄色に変わり、火勢がさらに強く、しきりに火の粉が舞っている。

ちょうど炭焚が炭を投入していたが、その顔が鬼面をつけたように赤く険しい。つづいて村下と炭坂が砂鉄を流し入れていき、小廻りのひとりが炭坂の肩に燃え移りかけた火を叩いて消した。もうひとりの小廻りは炭置場で俵から出した炭を小さく割っている。

砂鉄の投入は、初日の半刻ごとから、二日目、三日目と作業が進むにつれて徐々に回数が多くなり、最終夜には四半刻ごとにまで間隔が詰まる。一方、鉄を流し取るのは、初日が一刻ごと、二日目が二刻ごと、三日目が三刻ごと、最終夜には四刻と間隔が開いていき、最後に残りの鉄をすべて流しきる。流し取る量は当然ながら間隔が開くにつれて多くなり、最終夜には初日の四倍の量を取るという。

村下が鋤を置いて、細長く尖った道具を手に取り、久忠のまえを横切った。送風口のわきにうずくまると、継目の穴から炉内を覗いて、その穴に道具を刺し入れていく。指に伝わる感触をたしかめるような表情をして、ゆっくり道具を引き抜くと、先端からこまかな火花が散った。順調なのか、村下はそれを見てもとくに指図を出さなかった。

番子が交替して、鞴を踏んでいたおきちが待機場所にもどった。たたら組に移ってまだ日が浅く、仕事に慣れていないのだろう、さすがに疲れた顔をしている。だが仲間がまわしてきた行李から握り飯を取ると、笑顔でおしゃべりしながら食べはじめた。平素、里人の食事はおしなべて質素だが、たたらの操業中は番子にかぎらず吹屋敷で働く全員が白米の飯を三度たっぷり食べるのだという。

　村下が炉の正面にまわり、柄の長い道具を使って排出口を開いた。火の粉が噴き出して舞いあがり、山吹色に発光した鉄が流れ出てきた。銑《ずく》という種類の鉄である。火花を散らしながら蛇のように流路をつたい、どろどろと型に流れ込んでいく。見守る村下の表情は厳しいが、その目はどこかいつくしむような色をたたえている。

　型に流し取った銑鉄《せんてつ》は冷めるのを待って、吹屋敷のとなりにある鍛冶場に運び、鋼や錬《れん》鉄《てつ》に精錬する。最後の朝に銑を流しきると、炉内に鉧《けら》と呼ばれる鉄の塊が残り、この鉧からも良質の鋼が取れるという。こうしてできた鋼から、刀剣は鍛えられるのである。

　久忠は唇を噛んで、吹屋敷を出た。

　ゆるやかに風があった。あばら家にもどる気にはなれず、しばらく風に当たるつもりで、ゆっくりと道を歩きだした。汗はとまったが、肌のべとつきがしつこく残り、風がものたりない。頬をゆがめて、頭上の霧を睨みあげた。意味なく苛立っているのが、自分でもわかる。

　右手の家の角を曲がると、まえから刀工のおとしが歩いてきた。又四郎流に言えば、久忠の相棒である。だが久忠は声をかけるか迷った。会釈してすれ違いかけると、おとしのほうから話しかけてきた。

「たたら場を見に行ってらしたんですか」

「ああ、たいへんな仕事だな。見ているだけで、このとおり汗みずくだ」

「わたしは鍛冶場に行って、鉄の出来をたしかめてきます」

「ほう、いまから下見しておくわけか」

「そりゃ、今回は、銑から仕上げた鋼、鉧から取った鋼、いろいろ試してみなければなりませんから」

「里一番の腕、おおいに期待しているぞ」

「はい」おとしはうなずいて、いつになく歯を見せて笑った。「愛洲様がたいそう苦労して採ってきてくれた砂鉄、あだやおろそかにはいたしません」

おとしと別れると、久忠はいくつか道筋をたしかめて、あばら家にもどった。

「雪舟殿はどうだった？」

又四郎は待ち詫びていたらしく、久忠の顔を見るなり訊いた。

「むろん一緒に行く」

「そうか、腹の据った御仁だから、どんな返答をするかちょっと心配したが」

「打ち合わせたとおり、明日、未明に迎えに行くと伝えておいた」

「おれもおつねに段取りを教えておいたぞ。ほんとは夜中に逃げたかったみたいだが、それじゃあ雪舟殿が婆さんの家を抜け出せないからな」

「おつねはともかく、おれたちは未明に出て道中で明るくなるほうが歩きやすい。雪舟殿が同行するとなれば、なおさらだ」

「じゃあ、あとはしっかり喰って、ぐっすり寝ておくだけだな」

又四郎はそう言ったが、ふらりと立ちあがって土間におりた。

「おい、出かけるつもりか」

久忠が訊くと、又四郎は振りむいて訊き返した。

「貴公は、なにを何人とした？」

「やっ？　うむ、二人だが、それがどうした」

「おれはさっき貴公の留守中にもひとりきて、これで四人だ。ところが、その女が若いのにおたきに負けない貫禄でな。なんだかんだとえらくこき使われた。これじゃ悪い夢を見そうだから、ちょっと散歩して気分を変えてくる」

又四郎はしかめ面をして見せると、いそいそと戸口を出て行った。

久忠はひとりになると、いつもどおり太刀の手入れをした。そうしているとふだんは余計なことを考えずにすむのだが、むろんうまくいかないときもある。

やがて戸外が薄暗くなり、世話係の二人がきて夕飯の支度をしていると、又四郎が鼻のしたを指でこすりながらもどってきて、おっ、今日もご馳走だな、とつまらない軽口を言い、なにくわぬ顔で食事をはじめた。おたきもなにくわぬ顔で土間の水甕に水を足し、おもとが笑いをこらえ、久忠は雑穀飯が何度か喉に詰まりかけた。

日が暮れて、久忠は寝床に転がった。とりとめもなく考え事をつづけるうちに、ようやくうとうとしたが、なにか物音がするたびに目が覚めた。

風が軒端をこする音。水路でなにか跳ねる音。畑を走る小さな足音。どこかの木の枝で鳥が羽を揺する音。吹屋敷から聞こえてくるのかもしれないなにかを叩くような音。又四郎が寝返りを打つ音。やがて深い眠りが訪れて、足早に通り過ぎ、二人は起きて、入念に足元をかためた。

戸を薄く開いておもてを覗き見ると、未明の空に星がなかった。昨夜の霧が残っているのか、それとも今朝は早く霧が出たのか。いや、もっと高いところ、本当の空に本物の雲がかかっているのだ、と久忠は気づいた。道が予想より暗いのは、好都合でもあり不都合でもある。が、幸先がいいことにした。予想より明るければ、不都合しかないからだ。

二人は無言でうなずきをかわし、久忠がさきにあばら家を出た。

夜の里をはじめて歩く。灯の色のない家はどれも廃屋のように冷たく静まっていた。里長の家に行くにはいくつか道筋があるが、久忠は距離ではなく物陰の数で道を選んだ。昼間にたしかめたときより遠く感じるが、焦らずに決めた道をたどった。

足音を殺して歩いていると、顔には生温い空気が触れるのに、足元はひんやりと底冷えした。田畑を縫う道までくると、半町ほどさきの生け垣まで、地を這うような姿勢でひたひたと走った。その奥に見えるのが、めざす里長の家だった。

生け垣の内側に入ると、低い姿勢のまま戸口に近づき、いっとき耳を澄まして、こつこつと戸板を叩いた。しばらく待つと戸が半分ほど開き、暗がりのなかに雪舟の顔がぼんやりと浮かんだ。

久忠はうなずいて後退った。だが雪舟が戸口から出てこない。

「さ、早く」久忠はささやいて、ふと眉をひそめた。「いかがされた?」

雪舟が首をひねり、斜めうしろを見おろした。おさよが道服の裾をつかんでいる。

「おふく殿には気づかれずにすみましたが、この子の目はごまかせませんでした」

「連れて行きましょう」

久忠は即断した。昨夕、雪舟といるとき背中に感じたのは、おさよの視線だったにちがいない。

「よろしいのかな」

「かまいません」

「しかし、はたしてこの子がそれを望むかどうか」

「残ることを望んでいるとは思えません」

久忠は戸口にひざまずいた。おさよは右胸の赤い継ぎあてがほつれて、片端がぶらんと垂れていた。着物の裾から覗く膝は垢がこびりつき、ひび割れたのかこまかな瘡蓋《かさぶた》ができて、ところどころ血がにじんでいる。

「この里を出る。雪舟殿も一緒だ。おまえもくるな？」

おさよは顎を引いて、じっと久忠を見ている。

久忠は膝をまわして、おさよに背中をむけた。

「ほら、お馬だ、乗れ」

「………」

「乗れ」

「………」

「乗らねば、ひとり置いていくぞ」

おさよがはっと息を呑んで、久忠の背中にしがみついた。

久忠は拳を握り締めた。胸にずしりときた。それほどおさよが軽かった。軽くて、小さくて、震えていた。

暗い道をたどって里の玄関口の手前までくると、かたわらの家陰から又四郎とおつねが出てきた。

「どうした、遅いぞ」又四郎が早口にささやいて、久忠の背中のおさよに気づいた。「なんだ、そのガキは？」

「雪舟殿にくっついて離れなかった」

「だからって、連れてきてどうするんだ」

「無理に引き離して、泣きわめかれてもよかったか」

「くそ、わかった」又四郎は低く唸った。「好きにすりゃいいが、貴公が責任を持てよ」

「ねえ、早くしとくれよ」

おつねが顔をしかめて急かしたとき、むかいの家から声がした。

「ちょっと、あんたらなにしてるんだい」

戸口に人影が動いた。ぎこちない動きだった。おせいが杖をついて近づいてきた。

「おや、おつねさんもいるじゃないか」

「そうなのさ」おつねが笑い顔をつくった。「ほら、あたしはこのお武家様の刀を打ってるだろ」

「ああ、そうらしいね」

「それで、あれさ、試し斬りしたいというから、このさきの兎の巣を教えてやろうと思ってね」

「兎で試し斬り？」おせいが足をとめ、ふうんと鼻を鳴らした。「そりゃたいしたもんだ。で、どうして坊さんまで一緒なんだい。死んだ兎に念仏でも唱えてもらうのかい」

「そうさ、だから、あんたはもう家に帰って寝ときなよ」

「いいや、面白そうじゃないか。あたしもついて行こうかね」おせいは言いながら、久忠に目をむけて、きいっと眉を吊りあげた。「なんだい、おさよまで一緒じゃないか　里の厄介者が勢ぞろいかい」

久忠は手振りでおつねを抑えて、おせいに歩み寄った。

「このとおりだ」と頭をさげた。「どうか見逃してくれ」

「なるほど、あんたにはいろいろ世話になったからね。わかった、行きな、って言うわけないだろ！」

言い捨てて叫ぼうとするおせいのみぞおちに、久忠は素早く当身《あてみ》を入れた。おせいがうっと息を詰めてくずおれる。久忠はそれを片手で抱えとめ、又四郎を振り返った。

「おれは、ここに残る。おまえたちだけ、早く逃げろ」

「ばかを言うな」と又四郎が駆け寄った。「貴公だけ置いていけるか。一緒にこい」

「ここに女を放っていけば、すぐに追手がかかるだろう。あばら家に運んで、さるぐつわでも嚙ませておく」久忠は背後の道を見返して、にやりと笑った。「それにな、やはりどんな太刀ができるか見てみたい」

「はっ、やっぱりな」又四郎があきれ顔をした。「そんなことを言いだしそうな気がしていたんだ」

「悪いが、おさよを頼む」

「おう、まかせておけ」久忠の背中からおさよを抱え取り、又四郎は目を剝いた。「なんだ、このガキは？　どんなものを喰わされていたんだ」

「知らん。おまえがいいものを喰わせてやれ」

「あたりまえだ」

「よし、みなを頼んだぞ」

「おい、海賊殿」と又四郎は言った。「死ぬなよ」

雪舟が小走りに近づいてきて、懐から書状のように折った紙の束を出した。

「愛洲殿、これを。先日の絵、お気に召すかどうかはわからぬが」

「ありがとうございます」久忠は片手で押し頂いて、「雪舟殿も、どうぞご無事で」

夜闇がわずかに薄らいで四方の山の輪郭が見えはじめた。その山の端から端までを厚い雲が覆いつくしている。鈍色にうねる雲はかすかに明るい東のほうがいっそういかつく起伏して見える。

久忠はおせいを抱えて、あばら家に急いだ。空気の重みが変わり、軒の手前で首筋にぼたりと雨粒が落ちた。思わず見あげた目にも雨粒が飛び込み、瞼をしばたたいて滴を絞り出す。おせいを見おろすと、その頬にも雨粒が落ちて、かすかに身じろぎした。

「許せよ」

久忠はつぶやきかけてやめた。ほかの言葉も探さなかった。黙って軒をくぐった。

四

四日四晩のたたらの操業が終わり、里にまた高い槌音がもどった。

四方八方から響き寄せてくる厳しく澄んだ鋭い音は、戸を閉め切ったあばら家のなかにも流れ込み、蒸暑くよどんだ空気を小刻みに揺り動かす。

久忠はそのなかに念願の太刀を鍛える槌音がまじっていると信じていたが、その太刀を手にできると信じることが難しくなりつつあった。

「まあ、いろいろと意見がありましてな」

と里長に言われて、久忠はあばら家に軟禁された。里長と差配二人の話し合いの結果だというから、その話し合いの場で三人の考えが対立したようだ。強硬な意見が主流だったと、里長は暗にほのめかす話しぶりをしていたが、くだされた仮の裁定の内容はさほど厳しいものではなかった。
一、従前どおりあばら家で寝起きさせるが、戸は昼夜を問わず閉めておくこと。
一、一日に三度、戸外に出ることを許す。ただし厠《かわや》に行くときを除いて、戸口から三尺以上離れてはならない。
一、戸口には竹槍を持った見張りがつき、指示にはかならず従うこと。またみだりに話しかけてはならない。
決まりといえるのはこれぐらいで、食事もいっそう質素になりはしたが、朝夕の二度、これまでどおりに出る。もっとも、世話係は知らない女に替わり、その女は名乗りもしないし、ほとんど口もきかなかった。これまで世話をしてくれていたおたきやおもと、刀工のおとし、砂鉄採取に関わった山方組の女たちの顔は、あれから一度も見ていない。

だがなにより大きな変化は、太刀と脇差を取りあげられたことだった。里にきてすぐのときでも刀をよこせとは言われなかったから、いまは見ず知らずの余所者よりも信用できない輩とみなされているのだろう。

ともあれ、ひとまず磔《はりつけ》にも火炙りにもならずにすんで、久忠はいま最終的な処分が決まるのを待っている。

「どうぞ、気楽にお待ちなさい。こっちもいまさら慌てて毒を盛っても仕方がありませんからな」

里長の言葉を借りれば、そんな状態である。裏を返して言えば、いつ毒を盛られてもおかしくないわけだが、びくびくしてもはじまらない。怖くて飯を喰わなければ、毒殺されるまえに餓死するだけだ。

久忠はありあまる時間に太刀の手入れもできず、もっぱら雪舟の絵を見てすごした。

「お気に召すかどうかはわからぬが」

と雪舟は言ったが、その意味は絵を見ればすぐにわかった。手渡されたのは、太刀を揮う久忠の姿を写した絵であるはずなのに、そこに描かれていたのは棒切れを握る猿の姿だったのだ。

美丈夫を気取るつもりはないが、まさかこれが似姿という意味ではあるまい、と首をかしげながら絵をめくっていくと、最後の一枚の余白に事情が記してあった。

他意はないので絵を見ても怒らないでほしい、と雪舟はまず伝えていた。

久忠が猿に似ているわけでも、久忠の動きが猿のように見えたわけでもない。実際、はじめは久忠の姿をそのまま描いていたし、それはおのずと凜々《りり》しい武者の姿になった。ところが、絵に写し取ると、久忠の技の本領である、あのふしぎなほどの自在さが失われてしまう。何度描きなおしても、なぜかうまくいかない。あのとき見た動きはあらわせているが、それ以外の動きを秘めているように見えないのだ。

おさよもとなりで眺めていて、いたって退屈そうだ。ひとの絵姿だから、真似して描くこともない。そこでこれなら真似するかと思い、たわむれに猿に棒切れを持たせて描いてみたら、おさよも喜んだが、絵もにわかに生き生きしたように思う。

どうやら、久忠の技を安易に写し取ろうとしたのがよくなかったらしい。自分は久忠の技を形づくることわりを理解できていない。だから形は写せても、真実を写せないのだ。

つぎの機会にぜひそのあたりを学ばせてほしい、と雪舟は書いていた。

久忠は絵のよしあしなどわからないし、技を形づくることわりというのも、どこの国の言葉かと思うぐらいに意味がわからない。けれども、たしかに絵のなかの猿は生き生きとして、千変万化の動きを秘めているように、いや、というよりも、いまにも勝手気ままに動きだしそうに見える。

久忠にしても雪舟に見せた動きに、決まったかたちがあるわけではなかった。あのとき目のまえにあらわれた敵に応じて流れのままに斬っただけである。

「おれの技の本領は自在さか……」

絵を眺めながらあれこれつぶやくのが、久忠はこのところ癖になりかけている。

「それにしても、これがおれの姿とは。はっは、いずれ一流を興したあかつきには、猿の絵で秘伝書を書いてやろうか」

ひとりで笑いを洩らしていると、ぎしぎしと板戸が軋《きし》んだ。なにごとかと見やると、三が一ほど開いた戸口から淡い光が流れ込み、おきちが顔を覗かせた。

見張りは屈強な山方組の女である。腕ずくで押しのけたとは思えないが、いったいなにごとだろう。

「おお、どうした」と久忠は訊いた。「いいのか、こんなところにきて」

おきちは土間に入って、かたく戸を閉めた。

「かまいません。里長のお指図ですから」

振りむいた色白の頬にうっすらと朱がさしている。

「おっ、そうか……」

久忠の顔に戸惑いがにじんだのだろう。おきちはそれを見て目を伏せた。久忠も目を逸らした。槌音がいやにはっきり聞こえてくる。久忠は逸らした目をべつのほうにまた逸らした。おきちが目をあげ、ぎこちなく声を明るめた。

「たくさん紙を広げて、なにをしてらしたんですか」

「ああ、これか。雪舟殿に描いてもらった絵を眺めていた」

「わたしも見せてもらっていいですか」

「いいぞ」久忠は手招きした。「さあ、あがれ」

おきちは板の間にあがると、絵のわきに膝をついた。

「まあ、かわいらしいお猿さん」と笑顔になった。「雪舟様の絵というから、どんな難しい絵かと思いましたが、こういう絵も描かれるのですね」

「うむ、だがな」と久忠は顔をしかめて見せた。「じつは、これはおれを描いた絵なのだ」

「えっ？」おきちが目をぱちくりさせた。「もしや、このお猿さんが、愛洲様？」

「そういうことになる」

「まあ」

おきちがぷっと吹き出した。

「こら、そっくりだと思っているな」

「いえ、いえ、そんなことは」

おきちはまだ笑っている。

「これには、それこそ雪舟殿ならではの難しい理由があるのだ」

久忠は憮然と言った。

「はい、どんな?」

おきちが笑いやみ、真剣な目で見つめてくる。

「いや、それが難しすぎて、おれにもよくわからん」

「そうですか」おきちはうなずくと、眉をひそめて絵を見なおした。「かわいらしいお猿さんなのに、そんなに難しい絵なのですね」

「とにかく」と久忠は声を強めた。「おれの似顔絵でないことだけはたしかだ」

「それはもちろん。ちっとも似ていませんもの」

「もういい、好きに思っていろ」

久忠は口をへの字に曲げ、目で笑いながら絵を片づけた。

どこかで高い槌音が響き、会話の余韻を搔き消した。また沈黙がきた。久忠は絵を片づけ終わると、戸口のほうに目を泳がせながら、手のやり場に困って顎をさすった。

おきちも土間に視線を流し、小さく息をついた。

「雪舟様たちが出て行って、この里はどうなるのでしょう……」

「雪舟殿なら心配はいらん」と久忠は言った。「あの御仁は一度口外しないと約束すれば、このさき決して里のことを口にされんだろう」

「山中様はどうですか。おしゃべりな方に見えましたけど」

「そうだな、心配なのはやつのほうだ。実際、いまごろは知り合いに吹聴してまわってい
るかもしれん」

「そうですか、やっぱり……」

「おつねという女はどうだ？　仲間を裏切って逃げたわけだが、おまえとはもともと鍛冶組で一緒だったのだろう」

「おつねさんとは、あんまり話したことがなくて。まえに鋼の取り分けをしているとき、どうせここにいても死ぬまで半人前あつかいだと、こぼしているのは聞きましたけど」

「なるほど、以前から里の暮らしに不満があったのかもしれんな」

久忠は腕組みしてうなずいた。

おきちが膝のうえに重ねた手の甲をさすりながら言った。

「あの、もしおいやなら、そろそろ帰ります……」

「そうか」久忠はまた戸口に目をやりながら、「べつに、いやというわけではないが、そうするほうがよかろう」

「こんな醜い女、そういう気持ちになれませんものね」

おきちが顔をそむけた。隠れた横顔には、右目を切り裂く深い傷痕が走っている。

「待て、思いちがいをするな」久忠は腕組みをといた。「おまえは美しい娘だ。気立てもよく、たいそう気丈でもある。言っておくが、おれに不服はないぞ」

「でも……」

「ただ、な。そうして男に傷を負わされたおまえを、おれがまた傷つけてしまう。そうなることが、どうしても気持ちに引っかかるのだ」

おきちがうつむいた。膝のうえできつく手を握り締めた。

「もしわたしを傷つけまいと思われるなら、どうか……」

「うむ……」

「………」

「よいのだな」

「お願いします」

「はじめてか」

「いえ、二度」おきちはこうべを揺らした。「けれど、二度ともしくじりました」

「わかった」

久忠はうなずいた。おきちが腰を浮かせて、久忠のわきに坐りなおした。帯に手をかけ、涙のまじるような声で言った。

「どうか目を瞑ってください」

「おや、恥ずかしいか」

久忠はわざと砕けた口ぶりをしたが、おきちは顔の傷に指を触れて首を横に振った。

「身体にはこれより大きな傷があります」

「傷？」久忠は片眉をあげた。「ほう、こんなふうにか」

小袖をはだけて両肌脱ぎになると、胸、肩、腕、いたるところに大小の傷痕が刻まれている。背中をむけて、とりわけ大きな刀傷を見せながら苦笑した。

「慌て者の仲間に斬られた傷だ。これが一番痛かった」

おきちは目を伏せると、黙って帯をといた。小袖の襟がするりと肩から滑り落ちて、胸元があらわになると、そこにはやはり肩口から右の乳房にかかる長い傷痕があった。

「痛かったな」と久忠は眉をひそめた。「しかし、それでおまえのなにが損なわれたわけでもない。ほら、このとおり、いまも美しく、気立てがよく、気丈な娘だ」

「………」

おきちは瞼を閉じて、床に横たわった。

久忠は袴の紐をほどいたが、すこし迷って言った。

「おれがうえにかぶさると、まだ痛みそうだ。こうしよう」

坐ったまま、おきちを抱き起こして、腿のうえに坐らせた。

「あ、いや、恥ずかしい……」

おきちが身をよじって逃げようとする。久忠は両腕をまわして抱きとめ、やさしく引き寄せた。おきちが身体をわななかせて、久忠の首にすがりついた。やがて久忠の肩に顔を押しつけると、唇を嚙みながらすすり泣いた。

五

隠れ里に指笛がこだましたのは、おきちが訪れた四日後のことだった。

最初はぴいっぴいっと二度。しばらくおいて、こんどはぴいっぴいっぴいっと三度。聞き逃しようのない強い響きである。最初の指笛で槌音がやみ、つぎの指笛で里全体の動きが慌ただしくなるのが、あばら家のなかにいてもわかった。

久忠は土間におりて、戸口のわきの格子窓から覗いた。ちょうど目のまえを、竹槍をつかんだ女が里の玄関口のほうに走っていく。まただれか男が里に迷い込んだのか。だが久忠たちがきたときより、よほどに物々しい。野盗のたぐいが襲ってきたのかもしれない。

「おい、どうした？」

窓枠を叩いて呼びかけると、見張りの女が竹槍でびしっと格子を打ち据えた。

「うるさい、おとなしくしてな！」

「なにか変事ではないのか」

何度か問いかけたが、見張りの女はこたえない。久忠はいったん格子窓を離れて、べつの壁にある明かり取りの高い窓に手をかけ、身体を引きあげて道のさきを見やった。すると、ひとの流れに逆らい、おたきが息せき切って走ってくる。

「どいとくれ！」

怒鳴り声がしたのは、見張りの女が戸口に立ちはだかったからだろう。

「いいえ、おたきさんには会わせるなと言われてます」

「里長が連れてこいと言ってるんだよ」

「あたしは聞いてません」

「あたりまえさ、あたしがいま言われたばっかりなんだ」

「そう言われても困ります」

「これまた融通の利かない子を見張りにしたもんだね。わからないのかい、事情が変わって、それどころじゃないんだよ」

「じゃあ、たしかめるから、ほかのひとを連れてきてください」

「ああ、じれったい。あんたと押し問答してる暇はないんだ。そこをどきな！」

揉み合う音がして、戸板が軋むなり、びしゃっと音を立てて開いた。

「ちょっと、あんた！」おたきが上気した顔を戸口に突っ込んでわめいた。「里長が呼んでるから、ついてきな！」

「どうした、なにがあった」

「あんたの仲間が舞いもどってきたんだよ」

「又四郎か」

久忠は言いながら耳を疑っている。いったいなにしにもどったのか。まさかおれを助けにきたのか。

「名前なんか、どうでもいいさ！」

言い捨てて、おたきが赤鬼のような顔をひっこめた。久忠が戸口を出ると、おたきの剣幕に恐れをなしたのか、見張りの女がすこし離れてこちらを見ている。おたきは久忠の顔を見てうなずくと、女のほうにさっと手を振った。

「あんたも、そんなところに突っ立っていてもしょうがない。一緒においで！」

おたきが猛然と走りだし、久忠はあとを追った。見張りの女は持ち場を離れていいのか迷ったようだが、すこし遅れてうしろから追いかけてきた。

里の玄関口まで行くと、ひとだかりができていた。やはり久忠たちがきたときとは物々しさがちがう。竹槍の数だけ見ても、二十人前後はいるようだ。又四郎ひとりのために、これだけの騒ぎになるだろうか。もっと大きな変事が起きているのではないか。

「通しとくれ！」

おたきが久忠の肩口をつかんで引っ張りながらひとだかりを掻き分け、強引に通り抜けて先頭に躍り出た。

里長のおふく、鍛冶組差配のおさだ、山方組差配のおやえ、三人が玄関口からつづく道に、こちらに背をむけて立っていた。そして、その道のさきに、又四郎の姿が見えた。いつもの旅の垢と埃にまみれた装束ではなく、見違えるように端正な身なりをしている。

おたきにうながされて、久忠は里長の斜めうしろに立った。

又四郎が待ちかねたように手を振った。

「やあ、海賊殿、無事だったか」

勝手にしゃべるなとおたきに釘を刺されていたが、久忠はひと声だけ呼びかけた。

「みなは無事か」

「無事だ。雪舟殿はしばらく富田《とだ》で静養したあと、ガキを連れて畿内に旅立った。路銀を持たせて、見送りもつけたから、あの二人の心配はいらん。ああ、そうだ、ガキにはたっぷりうまいものを喰わせてやったぞ」

「おう」

久忠が手をあげて振り返すと、おやえが振りむいて突き刺すように睨みつけてきた。

「よし、顔ぶれが揃ったから、あらためて名乗っておこう」又四郎がぽんと胸を叩いた。

「おれは出雲国守護代、尼子《あまこ》又四郎経久《つねひさ》だ」

竹槍を持つ女たちがにわかにどよめいた。だがだれより驚いたのは、久忠にちがいない。まばたきも忘れ、口をなかば開いたまま、又四郎を見つめている。

里長が舌打ちして、杖を突きながら二歩、三歩と進み出た。

「京極に人質に取られていた尼子の小倅《こせがれ》が、この春に京からもどって家督を継いだと聞いてはいたが、それがおまえさんだったか」

「そうさ、守護代になったはいいが、出雲のことがとんとわからん。そこで仕事をみんな親父に押しつけて、あちこち見聞してまわっていたら、ひょんなことからこの里にたどり着いたってわけさ」

「ああ、あたしもいよいよ目が利かなくなってきたね」

里長が額に手を当て、ずるりと顔を撫でおろした。白濁した右目を瞑り、灰色の左目で又四郎を睨み据えた。

「まあ、そう悔しがるな。今日はいい話を持ってきたんだ」

又四郎が言いながら、こちらに足を踏み出そうとした。とたんに竹槍を持つ女たちが動いて、里長のまえに素早く槍衾をつくる。

又四郎が慌てて立ちどまり、手振りで制止した。

「待て、穏便に話をつけたいから、こうしてひとりできたんだ。さっきも言ったが、霧のむこうに手勢を控えさせている。おれが合図を送れば、すぐさま攻め寄せてくるぞ」

里長が杖を差しあげて左右に揺らし、女たちに声をかけた。

「よしよし、守護代様を血祭りにあげるのは、もうすこしあとにしようかね」

それが聞こえたのか、聞こえなかったのか、又四郎は胸を反らして声を張った。

「さあ、よく聞け。この里は今日から尼子が庇護する。ついては、みんなおとなしく、おれの指図に従ってくれ」

女たちが激しくどよめき、罵声や怒声がつぎつぎに飛んだ。

「なに言ってんだい、この夜逃げ男が！」

「どうして、あんたに指図されなきゃならないのさ！」

「おかしなこと言ってると、ただじゃすまないよ！」

竹槍を構えて殺気立つ女たちを、里長がまた杖を振ってなだめた。

「はて、庇護とは、どういうことですかな？」

「そりゃ、尼子がおまえさんたちを守ってやるということだ」

「だれに守ってもらわなくても、こうして無事に暮らしておりますがな」

「その無事がいつまでつづくと思うんだ」と又四郎は言った。「今日、おれが知っているということは、ひと月後には出雲中の豪族が知り、半年後には諸国に知れ渡っている。遅かれ早かれ、だれかがこの里を見つけて、おまえたちを捕まえ、ありったけの物を奪っていくぞ」

「おのれが言いふらしておいて、どの口で言うか」

と里長が吐き捨てた。

「それはちがうぞ。おれがきたということは、この隠れ里にはもうだれがきてもおかしくなかったんだ。おまえたちは知らんだろうが、いま外の世界では時勢が大きく動いて、なにもかも変わろうとしている。こっそり無難に生きるなんて、だれにもできやしない。だからおれが守ってやると言ってるんだ」

「なるほど、面白い話を聞けました」と里長が言った。「では、そろそろ守護代様にはお引き取り願いましょうか」

又四郎はにが笑いを浮かべて首を振り、女たちのほうに目をむけた。

「おい、みんな聞いてくれ。尼子の庇護下に入れば、もう鎌や鉈を打って小銭を稼がなくてもよくなるぞ。砂鉄でも鋼でも望みのままに用意してやるから、好きな太刀や刀だけ打って暮らしていける。どうだ、青江鍛冶の末裔として願ってもない話だろう」

「ひっひっ」と里長が笑った。「そんな子供騙しを信じる馬鹿がどこにいるかね」

「嘘ではない」と又四郎は声を張った。「ただし、このあたりの土地はまだ尼子の力がいまひとつおよばん。だから、いったんみんな富田城下に移り住んでもらう。いずれ尼子がこの一帯を領するようになれば、そのときは里にもどるなり、富田に住みつづけるなり、好きにすればいい」

「ほら、見たことか。さっそく馬脚をあらわしやがった！」

「この大嘘つき！　守護代が何様だってんだ！」

「疫病神め、とっとと帰れ！」

女たちが口々に罵声を飛ばす。

「おれは冗談を言っても、嘘はついたことはないぞ。いいか、決して悪いようにはせん。一刻待つから、みんなでよく考えろ」

又四郎はもう一度久忠に手を振ると、踵を返して霧のほうへともどっていった。

里長が厳しい表情で振りむき、とんと杖を突き鳴らした。

「二十歳よりうえの者を吹屋敷に集めておくれ」

女たちがいっせいに散っていき、あとに重くよどんだ空気だけが残った。玄関口から吹屋敷まで引き返すあいだ、里長はずっと道に視線を落とし、いつにもまして歩みが遅い。杖を握る手もこころもとなく、両脇から何度も差配たちが支えていた。

吹屋敷に着くと、まだひとがいそがしく出入りしていたが、里長は奥に進むと、すぐに口を開いた。

「時間がない。話をはじめようか」

二人の差配がみなを静めるあいだに、里長は久忠に手招きしてまえに立たせた。

「まずおまえさんの意見を聞こう。あの小倅の話は信用できると思うかい?」

「嘘はついておらんと思う」と久忠は言った。「むろん尼子の利益のために持ちかけている話にはちがいないが、里のためになるとも考えているのだろう」

「時勢がどうのと言っていたのは?」

「それはおれにはわからん。しかし、又四郎が京の京極のもとに長くいたのなら、天下の先行きに関わることを目にしてきたのはたしかだな」

「そうかい」

里長はうなずくと、みなの顔を見まわした。

「いまの話のとおり、尼子の小倅の言葉が信用できるとすれば、あたしらの選べる道は三つだ。ひとつは、観念して尼子のもとで働く道。ひとつは、ここから逃げて新天地を探す道。もうひとつは、ここに残って戦う道。さあ、みんなの考えを聞かせておくれ」

「あたしは男の風下に立つなんてごめんですね」

まっさきに声があがり、久忠がおやと振りむくと、案の定、声の主はおもとだった。世話係をしていたときにはいつも愛想がよく、男にたいして寛容なのかと思っていたが、どうやら見込みちがいだったらしい。

「あたしも男にこき使われるなんてまっぴらごめんだね」

と久忠のすぐうしろに立つ女も声をあげた。

「ここは金屋子様がわたしたちのご先祖様を導き、授けてくださった神聖な土地。男どもに渡すなどもってのほかです」

と炭坂のおまさが言った。たたら組の女たちから同意する声があがった。

「へーえ、それなら金屋子様がまた新天地に導いてくれるんじゃないか。あたしは逃げるほうが賢いと思うね」

うしろから揶揄《やゆ》する声が飛び、おまさが目を怒らせて振りむいた。

「ねえ、そのお武家様に、野盗のときみたいに退治してもらえばいいじゃないか」

これもうしろのほうから聞こえたが、こんどはおせいが振りむいて甲高く叫んだ。

「だれだい、馬鹿なことを言ってるのは！　やつもひとつ穴の貉《むじな》だよ！」

おせいの声には怒りにもまして憎しみがこもっている。

「いいかい、みんな」と村下のおきぬが、低いがよく響く声で言った。「これはわたしらが決めて、わたしらの手でやらなきゃならないことだ。相手がだれでも、他人頼みなんて了見を起こしちゃいけない」

「そうさ、尼子なんて連中は、あたしらがやっつければいいんだ！」

あばら家の見張りをしていた女が怒鳴った。

「けど、いったん追い返しても、つぎは大勢で押しかけてくるだけじゃないか。そのときは、きっと皆殺しにされるよ」

不安げな声の近くから、べつの年輩の女が言った。

「わたしは観念するしかないと思いますよ。ひとつ目の道にくらべて、あとのふたつの道は見通しが暗すぎます」

「鍛治組はよくても、あたしらたたら組や山方組はどうなるんだい」

「そうさ、だいいちこれはおつねのせいなんだから、鍛冶組は遠慮してものを言ってもらいたいね。なあ、そうだろ」

炭焚の二人が言いながら、まわりを見まわした。

「あたしはちゃんと働けて、ちゃんとおまんまが喰えるなら、どこでもいいけど」

間延びした声がして、たたら場があきれ笑いにざわついた。久忠はおきちの姿を探したが見あたらない。そういえば、刀工のおとしの顔も見えないようだ。

「けどさ、里から外に出ると、女は穢れてるって言われるんだろ」

と山方組のおきんが言った。

「だれが穢れてるって？」おたきが鼻で笑い飛ばした。「女が穢れてるなら、男なんぞ、その穢れがひり出した糞の塊みたいなもんじゃないか」

「そうだ、男は糞だ！」

「あいつらは糞だ！」

あちこちで怒声があがる。

「逃げるとしたら、どこから逃げるんですか」とかたわらから冷静な声がした。「仁王門《におうもん》を通れないなら、高い山か逆落としみたいな崖を登らなきゃならないけど、どれだけ荷物を運べるか心配です」

仁王門というのは、あの岩壁の裂け目のことらしい。

「荷物は置いていくしかないね。いちから出直しさ」

どこからか声があがり、こんどは重苦しいざわめきが広がった。

話し合いは半刻余りつづいたが、いっこうに意見はまとまらない。

「そろそろ刻限だけれど、これじゃあ埒《らち》が明かないね」

里長が差配二人と額を寄せて相談をはじめた。だがここでも意見は合わず、いつのまにか鍛冶組のおさだと山方組のおやえが声高に言い争っている。里長が二人の肘を叩いて、なにか小声でぼそぼそと言った。差配二人が口論をやめて、また里長の両脇に立った。

「こうしよう」と里長はたたら場を見まわした。「観念するも、逃げるも、戦うも、みんなの思いどおり、それぞれ好きにしておくれ」

「えっ、そんなこといわれても、どうしたら――」

たちまち困惑と動揺がひろまり、不安の声があふれるなか、里長は久忠を見あげて、追い払うように手を振った。

「おまえさん、もう行ってかまわない。あずかっていた腰の物は、あばら家にもどしてあるからね」

「世話になった」と久忠は言った。「迷惑をかけた」

「まあ、そうしたものさ」

「せめてひとつぐらい借りを返しておきたいが」

「ひっひっ、本当に酔狂なひとだ」

「このようすでは、みながどうするか決めるのに、まだしばらくかかるだろう。又四郎に話して、あと一刻猶予をもらう。そのあいだに悔いのない決断をしてくれ」

「小倅がいやだと言えば？」

「約束する。一刻のあいだ、ここにはだれも通さん」

「そうかい」里長は杖をとんと突いた。「じゃあ、頼もうかね」

吹屋敷を出て、あばら家にむかうと、横手の道から慌ただしく足音が近づいてきた。もしやと思って振りむいたが、おきちではなかった。刀工のおとしだった。

おとしは白い鍛冶装束に襷をかけ、藍色の前垂れをかけたままの姿で、胸元に白鞘の太刀を抱えている。久忠は足をとめてむきなおり、われしらず姿勢をただした。

おとしが正面に立って、両手で太刀を差し出した。

「おたしかめください」

「できたか」

久忠は目礼して受け取り、静かに鞘を払った。

「茎《なかご》はご所望のとおり、両手遣いのときに柄が割れぬよう、やや長めにしてあります」

「銘は」

「俊次《としつぐ》と」

久忠は霧を透かす日差しのなかに刀身を立てた。長さ、反り、身幅、厚み、切先や刃文など、細部まで望みどおりの姿。そして地鉄は青味を帯びて底黒く、ところどころに黒い斑が沈んでいる。

「これが高梁川の砂鉄のもたらす景色か」

「いかがでしょう」

「見事だ。甲斐で見た数珠丸に勝るとも劣らぬ」

「ありがとうございます」おとしは一歩後退り、深々と頭をさげた。「これで思い残すことはありません」

最後に太刀を一瞥すると、おとしはさっと背をむけ、吹屋敷のほうに走り去った。

久忠はうしろ姿を見送ると、太刀を白鞘に納めた。おとしは柄や鞘の細工も見事だった。あばら家に立ち寄って佩刀を取りもどし、筵と荒縄で青江の太刀をくるんで、しっかりと背中に結わえつけた。外に出ると、まえのめりに走りだした。

水路の細い流れが鱗のようにきらめいていた。行く手に小川が見えてきたが、橋のたもとがなにか奇妙な色をしている。近づくとサワガニがうようよと道に這いあがっていた。すぐわきの家の戸口から、小さな女の子が心配そうに顔を覗かせている。橋を渡ったさきの家にも、肩を寄せ合う姉妹の顔が見えた。

里の玄関口まで行くと、若い娘が集まり、竹槍を握って道を塞いでいた。事情を説明している暇はない。

「通るぞ！」

久忠は叫んで娘たちのあいだを突っ切り、そのまま頭上を覆う霧にむかって道を駆けあがった。やがて分厚い霧に呑みこまれ、白く潤んだ空気を吸いながら走りつづけると、ふいに視界が開けて、晩夏のなお強烈な光が顔に照りつけた。

久忠は足をとめ、あたりに目を走らせた。半町ほどさきに又四郎の姿が見える。三十人前後の手勢に囲まれ、道端の岩に腰をおろしている。

又四郎は久忠を見ると、立って手を振った。

「おお、逃げてきたか」

久忠は足早に近づき、四半町を残してまた立ちどまった。

「いや、放免された」

「そりゃ、よかった。じゃあ、貴公も里の連中も無傷だな」

「そうなる」

「どうした、なぜそんなところに突っ立っている？」

又四郎がいぶかしげに、久忠の足元を指さした。

「あと一刻、里に猶予をやってくれ」と久忠は言った。「それまで、おれはここで待つことにする」

「なるほど、放免するかわりに、交渉してこいと言われたか」

「いや、みなの話がまとまらんから、見かねておれから言い出したことだ」

「そうか」又四郎はちらと思案顔をして、すぐにうなずいた。「貴公の頼みでは断れん。あと一刻、待つことにしよう」

「恩に着る」

「こっちにきて、一緒に坐って待たんか」

「いや、ここでいい」

久忠は半月ぶりの日差しの感触を味わいながら坂道にたたずんだ。まばらな木立の濃い緑や色とりどりの草花をじっくりと眺める。眺めれば眺めるほど、生まれてはじめて見るような気がしてくる。そして二度と見ることもあるまいと思う。

尼子の手勢のなかを動きまわっていた年輩の家臣が、又四郎に近づいてなにか耳打ちした。だが又四郎は首を横に振り、岩に腰をおろした。口に手を添えて、大声で訊いた。

「婆さん連中は、そんなに揉めているのか」

「ああ、侃々諤々《かんかんがくがく》だ」久忠も声を張った。「差配の二人まで口論していた」

「ふうん、おれはてっきり一枚岩かと思っていたがな」

「ところで、おぬし、どうしてこんな真似をした？」

「わかるだろう、ここはいわば武器庫だ。それも備前や美濃にも劣らない上等のな。おれがいま手を出さなくても、だれかがここを襲って、女たちを攫っていく。出雲にはまだ尼子に盾突く連中が多い。そういう連中に奪われるまえに、先手を打つしかなかった」

「では、おぬしも断られたら、力ずくで攫って行くつもりか」

「むろん手荒なことはしたくない。とくに、おさと。あの娘には、いささか情が移った。しかし、だからこそ敵の手に落ちるぐらいなら、力ずくでも連れて行くのさ」

「おさとにかぎらず、みながいやだと言えば？」

「そのときは、涙を呑んで里を焼き払うしかない。だがそんなことをして、だれが得をする？　どうせ振らねばならん尻尾なら、いまおれに振っておけばいいんだ」

「つまりおぬしが面白く生きるためには、迷わず他人を犠牲にするわけだ」

「ひどい言いようだな。しかし、まあ否定はせん。おれには野心がある」

と又四郎は言って、ふと耳を澄ました。久忠もその物音にはいましがたから気づいていた。背後の霧からかすかに響いてくる。なんの音かは聞き分けられないが、こそこそと逃げ出す物音でないのはたしかだろう。おそらく里の女たちが戦支度をはじめたのだ。

「おい、連中はなにを企んでいる？」

又四郎が立ちあがり、周囲の手勢もにわかにいろめきたった。

「なにをやっているのか、おれは知らんし、関わりもない」

「だったら、里にもどって馬鹿をするなと言ってやれ。こっちは数は少なくても、腕利き揃いだ。女子供など束になっても敵《かな》わんぞ」

「いや、おれの役目は一刻のあいだ、ここで門番をすることだけだ」

「勘弁してくれ」と又四郎が顔をしかめた。「里の連中とでもできれば争いたくないが、貴公とはまっぴらだ。命がいくつあっても足りん」

「では、あと半刻余り、のんびり花でも眺めていよう」

年輩の家臣がまた又四郎に近づいて、なにか耳打ちした。又四郎はやはり首を横に振る。だが年輩の家臣は引きさがらず、ほかの手勢にも聞こえるように声を高めた。

「ああ、若殿のなんと手ぬるいことか。たかが牢人者ひとりに侮られていては、守護代の沽券《こけん》にかかわりますぞ」

すると、べつの年輩の家臣も又四郎に歩み寄り、刀の柄に手をかけて言った。

「われらは大殿の命で目付役としてここにおります。かような醜態は見過ごしにできませんぞ。きやつめを討ち取れと、すみやかに御下知《おげち》いただきたい」

「待て」と又四郎と言った。「あれはおれの朋輩だ。手を出すな」

「甘うござるぞ、若殿。きやつめを蹴散らし、そのまま里を攻め落としましょう」

「おう、われらが戦の仕方を教えて進ぜる」

二人がまえに進み出て手を振ると、十人余りの手勢があとにつづいた。

「若殿、とくとご覧《ろう》じろ」

言いおいて、ぞろぞろと坂道をおりていく。

「よせ、おまえたちのかなう相手じゃない」

又四郎が立ちあがって叫んだが、だれひとりとまらない。先頭を行く年輩の家臣が「えい！」と気合をかけて刀を抜くと、同輩の家臣も「おう！」と応じて刀を抜き払い、それを合図に手勢がいっせいに抜刀する。

久忠はするすると霧のまぎわまで後退り、両腕を大きく左右に広げてみせた。

「尼子のご一党」と呼ばわった。「これよりさきに進めば命はござらんぞ」

「たわけ、片腹痛いわ！」

年輩の家臣が嘲笑い、刀の切先を久忠にむけた。と同時に、十余人がいっせいに地を蹴って坂道を駆けおりはじめる。久忠はそれを見きわめて、すっと霧のなかに退いた。

「おい、みんな止まれ！　主君の命だぞ！」

又四郎は叫んだが、年輩の家臣が「討ち取れえっ！」と怒号を発して、猛然と霧に突っ込んだ。

瞬間、真っ白な霧にぱっと真っ赤な鮮血の火花が飛び散った。直後に同輩の家臣も霧に斬り込み、また真っ赤な火花が弾け散る。又四郎は唇を嚙んで立ちつくした。その眼下で残る手勢が両翼に広がりながら、真っ白な戦場に攻め込んでいく。

勇ましい雄叫びや怒号が霧を震わせるなか、まず左翼で火花が赤々と飛び散った。ついで中央、そして右翼でたてつづけに三つの火花が弾ける。そしてまた中央でぱあっと血《ち》飛沫《しぶき》があがり、ついで右翼、左翼とつぎつぎに真っ赤な火花が散る。又四郎は凝然と見つめながら、あまりにも美しい地獄に恍惚とした。

久忠は純白の霧にまぎれて、ひたすら聞こえる物音を斬りつづけた。前後の足音、左右の怒号、近づく足音、遠ざかる雄叫び、すべてを斬る。斬る。斬る。ただそれだけに集中した。敵の振りまわす刀が左腕をかすめ、肩にも浅く傷を負ったが、痛みは感じない。正面から絶叫しながら斬りかかってきた敵を屠り、すぐにつぎの足音にむけて走る。

霧の内側にむっと血のにおいがたちこめてきた。九人目の背中を斬ったとき、かすかに違和感を覚えたが、右斜めまえから足音が迫ってきた。久忠は間合いをはかり、頸部を狙って一閃した。その瞬間、濁った手ごたえとともに、太刀の刀身が抜け飛んだ。柄に茎を固定する目釘が折れたのだ。

あばら家で佩刀を取りもどしたとき、久忠は気が逸るあまり、そのまま腰に差した。目釘をあらためもしなかった。その軽率な行動が最悪の結果をもたらしたのである。

久忠は片膝をついて、背中に結わえつけた荷をとき、青江の太刀を出した。柄に手拭いを巻きつけ、静かに鞘走らせる。真っ白な霧に刀身が青黒くきらめいた。久忠は慚愧に低く唸った。腰の鞘を抜き、かわりに白鞘を差した。背後から足音が聞こえてくる。久忠は身体を起こし、滑るように距離を詰めていった。

足音が間近に迫り、悲鳴にも似た叫び声があがった。久忠はその声にむけて鞘を投げつけ、いっきに肉薄して、敵の首を真横から刺し貫いた。切先を引き抜くと、ひときわ激しく鮮血が噴き散った。赤く染まった霧がゆっくりと流れていく。その赤い霧のむこうから斬りかかってきた敵をすかさず左に捌き、やはり頸部への刺突で屠る。そして、それを最後に物音が途絶えた。

久忠はもう一度片膝をついて、じっと耳を澄ました。立ちあがりながらむきを変え、音を立てずに足を運んだ。霧のさきにあらわれた人影を素早く刺し貫こうとして、寸前で踏みとどまった。胸のまえで祈るように手を組み合わせて、おきちが立っていた。久忠に気づいて、こちらをむいた。かすかに唇が動いた。

「後生です。連れて逃げてください」

久忠は青江の太刀を白鞘に納めて歩み寄った。おきちの肩を抱えて霧のなかを走りだした。

謝辞

本書の執筆にあたり、備前長船日本刀製作所・上田祐定師、林原美術館・主任学芸員植野哲也氏、備前長船刀剣博物館・学芸員杉原賢治氏に、懇切な御教示と多大な御示唆を賜りました。記して、衷心より感謝申し上げます。

令和六年　三月　著者

参考書目

『出雲国風土記』 荻原千鶴訳注 講談社学術文庫
『室町時代の出雲と京極氏』 川岡勉著 松江市ふるさと文庫
『菅谷鑪』 島根県文化財愛護協会
『和鋼風土記 出雲のたたら師』 山内登貴夫著 角川選書
『鉄のまほろば 山陰たたらの里を訪ねて』 山陰中央新報社
『古代吉備をゆく』 山陽新聞社
『備前刀 日本刀の王者』 佐藤寛介・植野哲也著 岡山文庫
『鉄と日本刀』 天田昭次著 慶友社
『日本刀職人職談』 大野正著 光芸出版
『日本刀 日本の技と美と魂』 小笠原信夫著 文春新書
『作刀の伝統技法』 鈴木卓夫著 理工学社
他多数

犬飼六岐（いぬかい・ろっき）

１９６４（昭和39）年大阪府生まれ。大阪教育大学卒。公務員などを経て、２０００（平成12）年「筋違い半介」で小説現代新人賞を受賞し、デビュー。２０１０年『蛻（もぬけ）』が直木賞候補に選ばれる。他著に『吉岡清三郎貸腕帳』『叛旗は胸にありて』『佐助を討て』『鷹ノ目』『青藍の峠』『囲碁小町嫁入り七番勝負』『ソロバン・キッド』などがある。

火《ひ》の神《かみ》の砦《とりで》

二〇二四年四月十日　第一刷発行

著者　犬飼六岐
発行者　花田朋子
発行所　株式会社　文藝春秋
〒一〇二‐八〇〇八
東京都千代田区紀尾井町三‐二三
☎〇三‐三二六五‐一二一一
印刷所　理想社
組版　ローヤル企画
製本所　大口製本

ISBN978-4-16-391826-6